하루키, 고양이는 운명이다

하루키, 고양이는 운명이다

村上春樹

스즈무라 가즈나리 지음

김아름 옮김

살림

차례

제8장
날카롭게 휘두르는 꼬리,
혹은 도둑맞은 소마

 제9장
에필로그 ─ 고양이의 「민수기民数記」

🐾 일러두기

- 각주 내용은 모두 옮긴이의 주입니다.
- 무라카미 하루키의 작품은 모두 원서를 기준으로 하고, 그 외 작품은 일본어판을 기준으로 합니다.
- 본문에 사용한 '문체부 쓰기 정체'는 (사)세종대왕기념사업회에서 개발한 문화바탕체입니다.

제1장

고양이적인 것과

여성적인 것

겨울이 지나고 봄이 왔다. 봄은 근사한 계절이었다. 봄이 오면, 그도 그녀도 고양이도 안심했다. 4월에는 며칠간 철도파업이 있었다. 파업하면 우리는 정말이지 행복했다. 온종일 단 한 대의 전철도 선로 위를 달리지 않았다. 나와 그녀는 고양이를 안고 철길에서 햇볕을 쬐었다. 마치 호수 밑바닥에 앉아 있는 것처럼 고요했다. 우리는 결혼한 지 얼마 되지 않아 젊었고, 태양 빛은 거저였다.

무라카미 하루키, 『캥거루 날씨カンガル一日和』, 헤이본샤, 1983.

🐾 요염한 고양이

나는 가끔 우리 집고양이 소마의 꼬리를 손으로 만져서 존재 여부를 확인할 때가 있다. 고양이라는 생명체의 존재감에는 확실히 불확실한 구석이 있기 때문이다.

고양이는 종종 눈 깜짝할 사이에 없어져버리거나 밤에 집 근처 으슥한 곳에서 별안간 나타나거나 한다. 딸 '소마'인지 엄마 '양'인지 아니면 남의 집고양인지 길고양인지 헷갈리게 할 때도 있다. 그래서 소마가 내 이불 속으로 파고들어 몸을 웅크리고 자도 왠지 모르게 걱정되어서는, 그녀의 특징인 꼬리의 미묘하게 구부러진 정도를 손가락으로 확인하지 않을 수 없다.

고양이의 사진을 찍는 것은 어렵다. 정물이나 풍경이라면 얼마든지 카메라 앞에서 기다려주겠지만, 고양이가 언제 어디에서 나타날지는 정말 신만이 안다. 개처럼 부르면 나타나는 것도 아니다. 고양이는 아무리 불러도 나타나지 않을 정도로 그야말로 별난 성격이다.

고양이는 기분이 내킬 때만 카메라 앞에서 포즈를 취한다. 적어도 우리 집 어미 고양이 양은 그렇다. 그녀는 우리 집고양이 중에 가장 붙임성이 좋아서 기분이 아주 좋을 때는 말을 하거나 웃는 게 아닐까 할 정도로 인간과의 친밀도가 높다.

덧붙이자면 우리 집고양이 세 마리는 모두 암컷이다.

어미 고양이 양과 두 딸 소마, 그레이.

우리 집에는 아무래도 수컷보다 암컷이 고양이답다는 편견이 있다. 대대로 고양이를 여러 마리 키웠지만 오랫동안 붙어 있던 건 대체로 암고양이였다. 수고양이는 어느샌가 없어져버리기 일쑤였다.

고양이는 여성적인 동물일까. 확실히 그 부드러운 몸이나 나긋나긋한 행동거지, 화려한 털 등 어느 모로 보나 고양이는 여자다.

수염이 있지 않느냐는 반론이 있을지도 모르겠다. 확실히 수염은 남성의 상징이긴 한데, 고양이의 수염을 수염이라고 칭하는 것 자체가 잘못의 근원이다. 가령 노기 육군 대장[1]이나 메이지 천황이

1   노기 마레스케(乃木希典, 1849~1912). 일본의 육군으로 러일 전쟁에 참전했고, 이후에는 교육자로 활동했다. 1912년 메이지 천황이 죽자 그 뒤를 좇아 할복자살했다.

2   양쪽 끝이 위로 올라간 콧수염.

기른 위엄 있는 카이저수염[2]과 고양이의 수염은 조금도 비슷하지 않기 때문에 역시 목걸이나 귀걸이에 해당하는 우아한 장신구라고 생각할 수밖에 없다.

대체로 고양이는 깔끔해서 틈만 나면 그루밍을 하거나 앞발로 얼굴을 씻거나 화장을 하곤 한다. 이런 점에서 고양이를—생물학적인 성별과는 관계없이— '여성'의 범주로 분류하는 것이다. 일반적으로 일본에서는 가부키 배우가 아닌 이상 화장하는 남자를 사람들 앞에 내놓지 않는다는 게 세간의 상식이다.

고양이는 정성 들여 화장을 함으로써 자신이 여성적인 존재임을 세상에 공공연히 드러내고 있다. 전철 안에서 콤팩트를 들여다보며 화장에 몰두하는 건 미니스커트 차림의 여고생 정도다. 하지만 고양이는—수고양이든 암고양이든— 이같이 화장을 하더라도 다른 누구의 책망도 받지 않는데, 그것이 바로 고양이의 여성성을 증명하는 것이리라.

이에 더해 어리광을 부리거나 교태를 부리는 몸짓, 싱긋 웃는 요염함, 화나면 발톱을 세우는 행동 등을 보면 고양이는 여자 이외의 그 누구도 아니다.

일반적으로 요염한 여자라고는 말해도 요염한 남자라고는 하지 않는다. 요염함이나 교태는 여자의 전유물로, 암수를 가리지 않는 고양이의 특성이기도 하다.

'남자다운 남자(그런 게 필요한지는 모르겠지만)에게는 고양이가 어울리지 않는다'는 말도 있다. 확실히 다카쿠라 겐[3]이 고양이를 안고 있어도 영 폼이 안나는 느낌이다. 작가로 말할 것 같으면 시가 나오야[4]와 고양이는 미스매치일 것이다. 역시 시가는 도베르만이나 잡종개가 어울린다.

미시마 유키오三島由紀夫는 남자다움을 내세운 작가지만 본성은 여성적인 타입으로(동성애 중 '여성' 역할이었음은 그의 단편 「온나가타女方」나 후쿠시마 지로[5]의 『검과 연지劍と臙脂』(분게이슌주)를 읽으면 명백하다), 내가 발견한 그의 어린 시절 고양이를 안고 있는 사진을 증거로 들 수 있다. 교복을 입은 미시마가 황홀한 표정으로 고양이 손을 잡고 놀아주던 게 틀림없는 사진이었다.

그래서 서재에서 표지가 뜯어지고 너덜너덜해진 『신죠新潮』 쇼와 46년(미시마가 자결한 다음해인 1971년. 쇼와의 시작과 함께 태어난 미시마에게는 서기世紀보다 원호元号를 쓰는 편이 적합하다) 1월 임시 증간호인 「미시마 유키오 독본」을 꺼내어 조사해봤더니 책 첫머리 사진에, 그것이 있었다.

쇼와 17년, 즉 1942년 설날에 일본식 가옥 툇마루에서 남동생(치유키), 어머니(시즈에), 여동생(미쓰코), 아버지(아즈사)와 함께 햇볕을

---

3   高倉健 1931~2014. 일본의 배우이자 가수. 대표작으로 영화 <철도원> <호타루> 등이 있다.

4   志賀直哉 1883~1971. 일본의 소설가. 잡지 『시라카바白樺』의 창간 멤버로, 주요 작품으로 「어린 점원의 신小僧の神様」「암야행로暗夜行路」 등이 있다.

쥐고 있는 사진이 있었다. 이 사진에서 남동생은 뜻밖에 조그만 강아지를 안고 있었다. 남동생은 강아지, 미시마는 고양이였다.

고양이를 안은 미시마의 기뻐 보이는 얼굴. 이 사람이 머지않아 우국지사가 되어 할복자살할 거라고는 도저히 생각할 수 없을 정도다. 이 사진대로 민병 조직 '다테노카이盾の숲' 같은 건 만들지 말고, 평생 고양이랑 사이좋게 지냈으면 좋았을 것을. 그랬으면 얼마나 좋은 소설이 탄생했을까.

그러고 보니 같은 페이지 하단에 다른 고양이 사진이 하나 있는데, 여기서는 미시마의 여동생이 고양이를 무릎에 앉혔다. 미시마는 쇼와 17년 9월 태평양 전쟁의 패색이 짙었던 이 시기에도 차이나 칼라 교복을 입고 있었다. 가쿠슈인学習院 고등과를 졸업했을 무렵으로 이미 늠름하고 남성적인 대범함을 드러내기 시작했다. 이 무렵에는 고양이를 안는 행위가 여성스럽다고 생각해 여동생의 손에 넘겨준 것일까.

한장 더. 쇼와 30년 『잠기는 폭포沈める瀧』를 집필하던 무렵의 미시마를 도몬 겐[6]이 찍은 사진이 있다. 미시마는 다다미방 서재에서 책장을 등지고, 책이 난잡하게 널려 있는 책상 앞에 앉아 담배를 피우고 있다. 그런 미시마와 마주보고 카메라를 등진 커다란 호랑이 무늬의 고양이 한 마리, 마주 앉은 이 고양이는―『연표작가독본― 미시마 유키오年表作家読本―三島由紀夫』(마쓰모토 도오루松本徹 편, 가와데쇼보신

---

5 福島次郎 1930~2006. 일본의 소설가. 문예잡지 『분가쿠카이文學界』에 발표한 소설 「검과 연지」에 미시마와 주고 받은 편지를 실어 둘의 동성애 관계를 고백했다.

6 土門拳 1909~1990. 제2차 세계대전 이후 일본을 대표하는 사진가다.

샤)에 게재된 사진에 따르면— 등밖에 보이지 않는다.

고양이는 등밖에 보이지 않는다.

미시마는 어떤 영감이라도 번쩍 떠오른 듯한 표정이다. 마주보고 앉은 고양이에게서 영감을 받은 게 틀림없다. 고양이와 미시마는 서로 속마음을 털어놓을 정도로 친밀했달까. 역시 미시마는 고양이를 좋아했던 것이다.

한편 미시마의 스승 격인 가와바타 야스나리川端康成는 여자만 묘사한 터라 여성적인 작가로 보이나, 실은 고양이와 제대로 조화를 이루지 못한다. 명작 「금수」에서도 개를 기르는 이야기는 나오지만 고양이는 나오지 않는다.

가와바타는 명품(『천 마리의 종이학』에 나오는 노리야키 밥공기 등)이나 명인(바둑 명인 혼인보 슈사이本因坊秀哉의 은퇴기를 묘사한 『명인名人』)에 집착하는 사람인데, 명품 개라고는 해도 명품 고양이라고는 말하지 않고, 명견이라고는 해도 명묘라고 하는 것은 들어본 적이 없다. 고양이란 그저 미심쩍고도 수상한 생물인 것이다.

고양이의 수상함이 뭐라 형언할 수 없이 좋지만, 가와바타가 고양이를 안고 있는 모습이라니 아무래도 상상이 가지 않는다. 한편 미시마의 수상쩍고 키치[7]적인 부분은 고양이와 궁합이 잘 맞는다.

『검과 연지』에서 후쿠시마가 미시마와 처음으로 동침하는 장면(참고로 이 책은 실화 소설이다. 사실을 있는 그대로 적은 사소설, 다큐멘터리 소설

7　Kitsch. 비전문적이고 대체로 저속하며, 대중적인 것이나 행위를 두루 이르는 말이다.

이라고 불러도 좋다)에 다음과 같은 적나라한 정사 장면이 있다.

미시마 씨는 몸부림치며 작은 소리로 내 귀에 대고 속삭였다.
"나…… 행복해……."
기쁨에 흠뻑 젖은, 어리광이 섞인 부드러운 목소리였다. 지금까지
들어온 미시마 씨의 음성과는 너무나 달랐다. 어디에서 나오는 소
리일까.
그 순간 나는 왠지 재티를 뒤집어쓴 듯한 기분이 들었다. 하지만
일은 이미 진행 중이었다. 나는 머리에 재티를 뒤집어쓴 채 계속해
서 키스했다. 내 몸보다 한참 작고 가는 미시마 씨의 몸은, 허리가
빠져나갈 듯 내 두 팔 안에서 유연하게 녹신거렸다.

사랑하는 사람의 품 안에서 미시마가 기쁨에 고양이처럼 가르릉
거린 모양이다. 보디빌딩으로 단련된 근육질 몸을 과시하던 미시마
도 이 순간만큼은 고양이를 좋아하던 소년으로 돌아갔다. 고양이를
좋아해서인지, 어느덧 고양이로 변신한 것이다.

수고양이여도 암고양이여도 좋다. '고양이스러움'이 체현된 여
성의 정수를 구체화했다. 그것도 몹시 관능적이고 쾌락적인 여성
으로.

이런 연유로 미시마는 고양이파.

🐾 100퍼센트 고양이파 하루키와
고양이파, 강아지파

다른 작가들을 분류해보자. 물론 이 책의 테마인 무라카미 하루키는 100퍼센트 고양이파다.

무라카미 류村上龍는 강아지파(일지, 조금 미묘한 부분이다).

이시하라 신타로石原慎太郎는 강아지파.

고바야시 히데오小林秀雄는 강아지파.

나쓰메 소세키夏目漱石는 고양이파.

모리 오가이森鷗外는 강아지파.

강아지파가 우세긴 하나, 이쯤에서 고양이파라고 단정지을 수 있는 작가 하나를 내보이자면 다니자키 준이치로谷崎潤一郎를 들 수 있다.

조금 길긴 하지만 그의 작품인 『고양이와 쇼조와 두 여자猫と庄造と二人のおんな』에서 쇼조가 맹목적으로 사랑하는 고양이 리리의 출산 장면을 살펴보자.

쇼조는 역시 리리가 처음으로 출산할 때 보인 호소하는 듯한 부드러운 눈길을 잊을 수 없었다. 아시야[8]에 데려온 지 반 년 정도 지났을 때였다. 어느 날 아침 산기를 느낀 리리가 '냐아 냐아' 울면서 그

---

8   蘆屋. 고베에 인접한 효고현 남동부의 시 한신지구의 주택가를 말한다.

의 뒤를 따라다니길래 낡은 방석을 깐 사이다 박스를 벽장 안쪽 구석에 밀어 넣고 안아서 거기에 내려놓고 왔더니, 잠시 박스에 들어가 있나 싶더니만 이내 맹장지를 열고 나와 또 다시 울면서 뒤를 쫓았다. 그 울음소리는 지금까지 들어본 적 없는 소리였다. '냐아'라는 소리긴 했지만 그 '냐아' 속에는 지금까지의 '냐아' 속에 함축되지 않았던 색다른 의미가 담겨 있었다. 굳이 말하자면 "아아 어쩌면 좋지요, 갑자기 몸 상태가 뭔가 이상해요. 불가사의한 일이 일어날 것만 같은 예감이 들어요. 이런 느낌은 받아본 적이 없는데. 이봐요, 이게 어떻게 된 일인지 말 좀 해봐요. 걱정할 일은 아닐까요?"라고 말하는 것처럼 들렸다. 하지만 쇼조가 "걱정할 필요 없단다. 너는 이제 곧 엄마가 되는 거야……"라고 말하며 머리를 쓰다듬어주니까 앞발을 무릎에 올려놓고 매달리는 듯한 모습으로 '냐아' 울면서, 그의 말을 열심히 이해하려는 듯이 이리저리 두리번거렸다.

그러고 나서 한 번 더 벽장으로 안고 가서 박스 속에 집어넣으며 "알겠어? 여기에 가만히 있는 거야. 나오면 안 돼. 알겠지? 알아들었겠지?" 하고 차분히 목소리를 들려준 뒤 벽장문을 닫고 일어서려고 하자 "기다려주세요, 제발 거기에 있어주세요"라고 말하는 듯이 또다시 '냐아' 서글피 울었다. 쇼조도 그만 그 소리에 이끌려 문틈으로 엿봤더니 여행용 짐이나 보따리 등 이런저런 짐이 쌓여 있는 벽장의 맨 안쪽 구석에 있는 박스 속에서 머리를 내밀고 울며 이쪽을 보고 있었다. 짐승인데 어찌 이리 형언할 수 없는 애정 어린 눈길을 주는 걸까. 그 순간 쇼조는 생각했다. 정말 이상하긴 하지만, 어스레한 벽장 안에서 번뜩이는 눈은 이미 장난꾸러기 아기 고양이의 눈이 아니라 지금 이 순간 뭐라 말할 수 없는 교태와 색기와 애수를 만면에 띤, 한 마리 암컷의 눈이었다. 사람의 출신을 본 적은 없지만 만약 그 여성이 젊고 아름다운 사람이라면 필시 이같이 원망스러운 듯한, 애달픈 눈매로 남편을 부를 것이라고 그는 생각했다. 그가 몇 번이나 벽장문을 닫고 일어서서 가려다가 다시 돌아와 들여다봤는데, 그럴 때마다 리리도 박스에서 머리를 내밀고, 아이가 "없어, 없다고요"라고 말하는 듯이 이쪽을 봤다.

완전히 고양이의 입장에서 고양이의 언어까지 제대로 이해한 듯하다.

이 소설은 아내보다 고양이를 좋아하는 남자의 이야기다. 쇼조는 시나코와 헤어졌고, 지금은 후나코와 살고 있다. 쇼조를 잊지 못하는 시나코는 꾀를 내어 적어도 리리만이라도 양보해주지 않겠냐고 부탁해서 고양이를 손에 넣는다. 시나코에게는 그렇게 미련이 남지 않은 쇼조였지만, 차츰 리리를 향한 애정에 이끌려 전 부인인 시나코와 다시 합치는 건 아닐까 생각하는 데서 끝난다.

조금은 무서우면서도, 조금은 미소를 자아내는 소설이다.

고작 고양이라고 멸시하지 말지어다. 고양이와 함께 좋아하는 남자마저 빼앗길지도 모른다.

고양이파, 강아지파 나누기를 계속 해보자.

아쿠타가와 류노스케芥川龍之介. 강아지파라고 하기도 고양이파라고 하기도 어렵지만, 어느 쪽이냐고 묻는다면 강아지파.

나카하라 츄야中原中也. 강아지파 아닐까 하는 느낌도 들지만, 어린 장남이 죽자「다시 온 봄また来ん春……」이라는 시(『생전의 노래在りし日の歌』에 수록된 작품)에서

> 떠올려보면 올해 5월에는
> 너를 안고 동물원
> 코끼리를 보여줘도 냐아猫라 했고
> 새를 보여줘도 냐아猫였다

처럼 "냐아"에 '고양이猫'를 뜻하는 한자를 쓴 것을 보니 나카하라의 장남과 고양이는 잘 맞았을지도 모른다는 생각이 든다(적어도 아들은 동물원에서 뭘 보든 "냐아"라고 말했다고 하니 확실히 어릴 때부터 고양이파로서의 천성을 보였다).

이어서 어느 쪽이라고도 할 수 없는 애매모호파를 한 명 들자면,

하기와라 사쿠타로_{萩原朔太郎}가 있다. 『달을 보고 짖다_{月に吠える}』라는 시집이 있을 정도인데, 그중에서

언제나,
나는 왜 이런가,
개여,
창백하고 불행한 개여

혹은

본적 없는 개가 내 뒤를 따라온다,
볼품없는, 뒷다리를 저는 불구인 개의 그림자다

부분을 읽다 보면 이 시인은 개를 자신의 분신이나 그림자로 삼고 있는 듯하다. 개라고는 해도 창백하고 불행한 개여서 그다지 개답지는 않지만 말이다.

한편 같은 시집에 「고양이」라는 제목의 시도 있다.

새카만 고양이가 두 마리,
괴로운 밤 지붕 위에서,
꼿꼿이 세운 꼬리 끝에,

실 같은 초승달이 희미하다.

"야아옹, 안녕하세요"

"야아옹, 안녕하세요"

"응애, 응애, 응애"

"야아옹, 이 집 주인은 병이 났어요"

우울증 아니면 신경증을 앓는 하기와라 같은 부류의 인간이 새카만 고양이로 둔갑하여 지붕 위에 올라가 울고 있는 것 같다.

실제로 『달을 보고 짖다』라는 제목은 개가 달을 향해 짖는 광경을 상상하게 만드는데(이는 '짖다吠'라는 한자에 '개犬'가 포함되어 있기 때문이리라),「고양이」라는 시에서는 개가 아니라 고양이가 '초승달'을 향해 '짖고' 있는 것이다.

『달을 보고 짖다』에서는 개와 고양이 모두가 달을 보고 '짖고' 있는 것은 아닐까.

🐾 유령 같은 것

고양이는 '짖는' 걸까, 아닐까. 어려운 문제다.

적어도 나는 누군가 "고양이가 짖는다"고 말하는 것을 들어본 적이 없다.

아라키 노부요시荒木経惟의 사진집『귀여운 치로愛しのチロ』(해본샤)에서 피임 수술을 받은 애묘 치로가 배에 붕대를 감고 있는 사진을 보면 치로는 애처롭게 짖고 있는 것처럼 보인다.

일반적으로 고양이는 '운다'고 하지만 어쩐지 꼭 들어맞지 않는다. '운다鳴라는 한자에 '새鳥'가 들어가 있어서다(그래서인지 다니사키는 '운다鳴'는 한자를 썼다. 만약 나라면 히라나가로 '운다なく'를 쓸 것이다).

그렇다면 고양이는 우는 걸까. '운다泣'에는 삼수변이 붙어 있으므로 눈물과 연관되지만, 반드시 슬플 때만 '울'란 법은 없다. 고양이가 '우는' 것도 슬플 때만 그렇다고 한정 지을 수 없다.

그럼 고양이는 언제 '우는' 걸까.

먹이를 보챌 때, 응석부릴 때, 뭔가 호소할 때나 정체 모를 말을 걸어올 때.

고양이의 연애 시기인 발정기에는 고양이라고는 생각할 수 없는 낯는 소리를 낸다. 이럴 때는 대부분 '짖다'가 어울린다.

고양이끼리 싸울 때 고양이는 야생으로 돌아가 쓸쓸한 소리를 내는데 이는 '으르렁거리다'에 가깝다.

보통 때(라 함은 인간을 대할 때라는 의미다. 단 인간의 입장에서 말하는 것이기 때문에 고양이의 입장에서는 별도의 '보통'이 있겠지만 말이다)의 고양이 소리를 나타내는 적절한 말이 없다.

한 가지 문제는 고양이가 우리를 상대로 내는 소리가 인간을 위해 특별히 내는 소리가 아닐까 하는 점이다.

　일설에 의하면 인간이 고양이를 상대로 우는 소리를 흉내 내며 어울리지 않는 사랑의 언어를 속삭인다 하더라도 그것은 인간의 자만에 지나지 않는 것이며, 실은 고양이가 인간이 흉내 내는 고양이 울음을 따라 하고 다시 인간이 그 소리를 따라 한다는, 여하튼 까다로운 관계가 성립한다고 한다. 이와 관련해서 프레드 게팅스^{Fred Getting}가 쓴 『고양이에 관한 이상한 이야기^{猫の不思議な物語}』(세도샤)에 다음과 같은 재미있는 대목이 있다.

　　인간이 자신의 고양이를 볼 때 무의식적으로 의인화하는 것과 마찬가지로 고양이도 주인을 볼 때 무의식적으로 의묘화하려 한다.

　나는 고양이가 인간 이외의 상대에게 '냐아'하고 우는 것을 들어본 적이 없다. '냐아'는 고양이가 인간을 위해 만들어 낸 소리는 아닐까. 고양이가 인간과 오랜 시간을 함께 사는 동안 '냐아'라는 소리, 혹은 '언어'를 몸에 익힌 것은 아닐까.

　이 문제를 해결하고자 할 때 난관은 인간을 상대하지 않을 때 고양이 소리를 우리가 듣기 어렵다는 데 있다. 왜냐하면 인간이 들었다는 것은 그 인간이 고양이 곁에 있었다는 뜻이기 때문이다.

　도청기라도 달아서 인간 없는 세상 속의 고양이 소리를 들어보고 싶다(그렇다 하더라도 눈치 빠른 고양이가 인간에게 도청당하고 있다는 사실을 알고 인간용 소리를 낼지도 모르겠다). 아니, 그 이상으로 인간 없는 세상에서 고양이가 무엇을 하고 있을지 알고 싶다. 이 정도로 우리가 보고 있지 않을 때의 고양이는 신비로운 존재다.

고양이는 종종 휙 자취를 감추고 어디론가 가버린다. 우리 앞에서 종적을 감춘 고양이는 어디서 무얼 하며 어떤 소리를 내고 있을까. 수수께끼다.

그런데 고양이가 싸울 때는 어떤 소리를 낼까.

그것은 '우는' 것일까, '으르렁거리는' 것일까, '짖는' 것일까. 이 문제를 이해하기 위해 작가 몇 명의 고양이 소설을 한데 모은 『고양이는 아홉 번 산다 – 남겨둔 고양이 이야기猫は九回生きる―とっておきの猫の話』(신코샤) 중 어니스트 톰프슨 시턴이 쓴 「빈민가 고양이スラムの猫」에 나오는 검은 고양이와 누렁 고양이가 한바탕 크게 싸우는 장면을 살펴보자.

"야, 야, 아우−" 검은 고양이가 먼저 말을 걸었다.

"아우−, 응−, 응−" 그보다 다소 두껍고 낮은 소리가 되돌아왔다.

"어이, 아우, 아우, 아우−" 검은 고양이가 말하며 1인치 정도 다가갔다. "야−, 응−, 응−" 누렁 고양이가 대답했다. 그리고 금색에 가까운 털로 덮힌 등을 있는 힘껏 치켜세우고 압도적인 관록을 과시하며 성큼 1인치 다가섰다. "야, 응−" 칙, 획 소리를 내가며 꼬리를 크게 휘두르며 1인치 더.

"어이, 아우, 아우, 응−" 검은 고양이가 카랑카랑하고 높은 목소리로 부르짖자, 조금의 주춤거림도 없는 눈앞의 뻔뻔스러운 적을 노려보며 8분의 1인치 뒷걸음질 쳤다.

이후 다시 "성대를 떨게 하거"나, "신음 같은 소리를 내거"나, "큰 소리로 부르거"나 하는 여러 가지 소리를 내는 방법이 피력되는데, 계속하면 끝이 없으므로 이쯤 해두자.

고양이가 운다는 한마디에 얼마나 다양하고 천변만화한 사정이 있는지(고양이 소리를 가지각색으로 구별해서 번역한 역자 쓰키무라 스미에月村澄枝 씨의 노고와 함께) 독자 여러분이 이해할 수 있다면 그걸로 충분하다.

이런 점은 고양이라는 생명체의 형용하기 어려움, 사고나 행동의 자유로움, 그리고 매우 희한한 성격과 관련 있다. 즉 사쿠타로의 강아지파도 고양이파도 아닌 애매모호하고 이도 저도 아닌 성격이 바로 고양이 성격, 그 자체임을 지칭하고 있는 것이다.

하기와라가 『달을 보고 짖다』라는 제목하에, 고양이도 강아지도 아닌 짐승이 어두운 밤중에 "야옹" "응애" 하며 짖고 있는 광경을 노래한 것을 볼 때 시인이 강아지파나 고양이파 모두와 관련된 애매한 성격의 소유자라고 봐도 무방할 듯하다. 훗날 시집 『우울한 고양이青猫』의 표제작 「우울한 고양이」에서

아아 이 거대한 도시의 밤에 잠들 수 있는 것은
오직 한 마리의 우울한 고양이 그림자다
슬픈 인류의 역사를 이야기하는 고양이의 그림자다
우리가 갈구하는 행복의 우울한 그림자다.
어떤 그림자를 찾기에
진눈깨비 내리는 날에도 우리는 도쿄가 그리워
그곳의 뒷골목 벽에 차갑게 기대어 있는
이 사람과 같은 거지는 어떤 꿈을 꾸고 있는 걸까.

라며 그윽한 어둠 속에서 녹아드는 그림자 같은 무언가를 노래한다. 하기와라의 우울한 고양이란, 이처럼 어렴풋하고 분명치 않은 형태를 한 유령 같은 것임을 알 수 있다. 이 유령 같은 것은 고양이적인 것을 체현하는 하기와라의 자화상이었다.

그러나 「연애와 연애하는 사람」을 보면

살짝 고개를 젖히고
새로 난 자작나무 줄기에 입맞춤했다.
입술에 장밋빛 연지를 바르고
새하얗고 키가 큰 수목에 매달렸다.

처럼 명백히 여성화 과정을 걷고 있다는 점에서, 그에게 고양이
적인 것과 여성적인 것이란 멀지도 가깝지도 않은 관계라는 사실을
알 수 있다.

제 2 장

더없이 행복한 고양이,

고양이의 더없는 행복

두 마리의 고양이도 완전히 잠들어버렸다. 숙면하는 고양이의 모습을 보고 있노라면 나는 언제나 한숨 놓이는 기분이 든다. 적어도 고양이가 안심하고 잠든 동안에는 이렇다 할 나쁜 일이 일어나지 않을 것이라 믿고 있기 때문이다.

무라카미 하루키, 『무라카미 아사히도 하이호ー! 村上朝日堂ははいほー!』, 분카슛 판쿄쿠, 1989.

세 마리의 아름다운 고양이

양은 아내가 주워 온 고양이다. 아내가 골목길에서 놀고 있던 몇 마리의 새끼 고양이 중 한 마리를 손가락으로 가볍게 집어 올려 엉덩이를 살펴본 뒤에 "암컷이네" 하고 *끄덕이고는*(왜인지는 모르겠지만) 그대로 집으로 데려왔다.

흡사 첫눈에 반한 꼴인데, 고양이라면 사족을 못 쓰는 아내의 빛나는 관찰력은 틀림없었고, 양은 머지않아 다른 고양이들보다 월등히 뛰어나다는 사실을 증명해냈다.

양은 두 딸 소마와 그레이를 낳았고, 이 둘은 각각 곱디고운 고양이로 성장했다.

아내는 고양이 줍기의 달인이다. 이야기하자면 길어지는데, 여러 고양이를 주워왔다. 그리고 그 고양이들은 모두 훌륭했다.

나도 때때로 아내를 흉내 내서 고양이를 주워왔지만, 잘 된 사례가 없다. 딱 한 번 학교 교정에서 유유히 자란 고양이를 주어와 한 달 정도 기르다가 집 앞에서 차에 치여 죽게 한 적이 있다. 자동차를 별로 본 적이 없는 고양이였던 것 같다. 마론이라는 밤색의 영리한 고양이였는데, 내가 몹쓸 짓을 해버렸다.

이쯤에서 우리 집고양이 세 마리를 소개하자면, 먼저 양은 마른 잎사귀 색이라고나 할까. 아내의 말에 따르면 단풍색의 화려한 모피를 입은 미인 고양이다. 전형적인 일본 고양이여서 다리가 짧고 얼굴이 옆으로 퍼져 있으며, 걷는 모양이 부엌데기처럼 보이는 구석이 있다.

눈은 희미한 녹색. 지금 책상 위에서 자는 양의 눈을 벌려보니까 단순히 녹색이라고 말하기에는 금색이 섞여 있어서 한데 묶어 설명하기는 어렵다.

실제로 눈동자 색으로 두 마리의 고양이를 식별하고자 한다면, 고양이 두 마리를 나란히 세워놓고 한 사람이 안고 다른 한 사람이 손가락으로 눈을 벌려 비교하지 않고서는(고양이란 금방 졸린다는 듯이 눈을 감아버리니까) 확실하게 말하기 어렵다. 그 정도로 복잡하고, 시시각각으로 바뀌는 눈 색깔을 가지고 있다.

펭 고양이라고 불리는 소마는—때마침 지금 내 옆 의자에 둥글게 몸을 말고 있으니 메모해두자면— 짙은 갈색 털에 까만 줄무늬가 들어간 산뜻한 느낌의 고양이다.

꼬리가 딱 알맞게 구부러져 있다. 나는 소마 꼬리의 꺾인 부분을 만지는 것을 좋아하고, 소마도 내가 만지는 게 아주 싫지는 않은 눈치다.

눈은 금색. 약간 금이 가 있다. 이른바 캐츠 아이다. 이름 그대로 소말리아 난민 아이처럼 눈이 큰데, 난민은커녕 무섭도록 자존심이 세고 호사스러운 분위기를 풍기는 고양이다. 그래도 동생(그레이)이나 엄마(양)를 챙기는 자상한 고양이다.

그레이.

은빛을 띤 쥐색 털에 푸른 눈동자를 지녔고, 규방 깊은 곳의 양갓집 규수같이 도도하다. 얼굴의 무늬 탓에 언제나 눈썹을 찌푸리고 불쾌한 표정을 짓고 있는 것처럼 보여서 여간 손해를 보는 게 아니다. 하지만 그 얼굴로 내 무릎 위로 뛰어 올라와 가르릉거리기 시작하는 걸 보고 있으면, 불쾌해 보이는 얼굴 뒤에 기쁜 얼굴을 숨기고 있는 게 아닐까 하는 생각이 들기도 한다.

소마와 그레이의 아버지이자 양의 남편은 근처에서 방목하는 아메리칸 쇼트헤어인 모양인지, 두 딸은 엄마에 비해 다리가 훨씬 길고 영리하다. 그래도 내 눈에는 그 누구보다도 마음이 잘 통하는 짧은 다리 일본 고양이 양이 제일 예쁘다.

소마는 지금 컴퓨터를 보고 있는 내 옆 디렉터 의자에 몸을 둥글게 말고 자고 있다. 나는 컴퓨터 키보드를 두드리며 때때로 손을 뻗어 소마의 등이나 목 부분을 쓰다듬는다.

소마의 좋은 점은 내가 이렇게 컴퓨터로 자신에 관해 쓰더라도 신경 쓰지 않고 새근새근 잘 잔다는 것이다.

털 속에 손톱을 찔러넣어도 눈을 뜨지 않는다.

소마는 깊은 잠을 자고 있다.

잠든 소마를 바라보는 나.

발바닥 젤리 속으로 내 손톱을 집어넣자 소마가 발톱을 세운다. 능력 있는 매는 발톱을 숨긴다고 했는데, 소마는 발톱을 보인다. '이 부드러운 생명체 어디서?'라는 생각이 들 정도로 길고 날카로운 발톱이다. 하지만 세우기만 할 뿐이지 할퀴거나 하지는 않는다.

🐾 고양이의 발톱, 고양이의 어금니

고양이의 발톱도 평소에는 우리 인간에게 숨기고 있는 고양이의 비밀병기다. 발바닥 젤리를 누르면 고양이는 발톱을 내놓는다. 그걸 보고 처음으로 고양이가 호랑이와 같은 맹수의 동족이라는 사실을 깨달았다.

고양이를 기르는 게 재미있는 이유는 고양이를 보고 있노라면, 마치 소형 호랑이가 거실 바닥 위를 걷는 것 같아서 아프리카 사바나를 상상할 수 있기 때문이다. 고양이가 거실로 아프리카의 대초원을 가지고 들어오는 것이다. 그녀의 발톱이 야생의 증거다.

거의 내보이지는 않지만 어금니도 그렇다. 뺨 언저리 살을 들추지 않는 한 고양이는 인간에게 어금니를 드러내지 않는다.

그런데 가끔은 쓰다듬을 때 내 손등을 가볍게 무는 경우가 있다. 이른바 애교다. 조금만 더 물면 아플 것 같은 시점에서 멈춘다. 아무리 에로틱한 여자라도 이토록 절묘하게 남자 어깨나 가슴을 물 수 없을 것이다.

발톱이나 어금니 같은 훌륭한 야생의 증거를 사람 앞에서 숨긴다는 점에서 고양이의 웅숭깊음이 느껴진다.

아무렇게나 누워 고양이를 안고는 발바닥 젤리를 눌러 발톱을 세운 뒤 뺨이나 얼굴에 찔러 보라. 짐승의 냄새에 휩싸여 사자에게 습격을 당하는 스릴을 다소나마 체험할 수 있다. 햇볕을 쬔 냄새가 나는 털에 코를 파묻은 채 고양이 발톱을 몸에 대고 있으면, 스스로도 잊고 있던 동물적 감각을 조금은 되돌릴 수 있을 것이다.

고양이 체취투성이가 되는 일은 한없이 퇴폐주의적인 느낌이 있다. 자신이 짐승이 되는 데카당스다. 게으름뱅이 고양이와 함께 끝없는 심연으로 빠져든다.

고양이 덕분에 내가 조금은 야생화가 되는 기분이 든다.

초봄이 되면 우리 집 양이나 그레이는 작은 새를 입에 물고 의기양양 돌아온다. 로베르 드 라로슈의 『고양이만 아는 고양이의 비밀 猫だけが知っている猫の秘密』(KK베스트셀러즈)에 따르면 "사냥은 본능적인 행동이다. 그 이야기는 결코 잃는 법이 없다는 말이다. 물론 사냥감인 동물이 존재하는 환경에 한한 말이지만, 어쨌든 고양이에게 잠재된 야성의 본능은 절대 사라지지 않는다".

집이 깃털투성이가 되거나 마룻바닥에 새 머리가 굴러다니고 있거나 하면 집사의 마음에도 야수의 감각이 싹튼다.

그것은 동시에 도시적인 감각이기도 하다.

고양이와 함께 산다는 것은 사바나와 대도시를 내 몸 가까이 둔다는 의미를 가진다. 왜냐하면 고양이는 세련된 도시와 미개한 황야의 매력을 동시에 숨기고 있기 때문이다.

고양이와 시골 논두렁길은 어울리지 않는다. 추리 소설이나 미스터리가 도시의 것인 느낌처럼 고양이는 도시의 생명체다. 고양이는 역시 미스터리가 어울린다.

고양이는 그녀가(그가) 사는 도시를 아프리카의 초원으로 변화시킨다.

그레이는 소마와는 달리 버릇없고 제멋대로인 고양이다. 늘 소마를 화나게 한다. 아무리 주변 사람을 화나게 해도 정작 자신은 눈치 채지 못한다는 점이 나와 닮았다고 아내가 그랬다. 그레이는 아내가 이미 양하고 자고 있어도 자신이 추우면 이불 속으로 파고 들어가 양을 쫓아버린다. 때때로 잠든 아내의 이불 위로 뛰어오르기도 한다(나는 그런 짓은 하지 않는다).

엄마인 양이 싫어하는데도 옆에 바짝 다가가 핥아달라고 한다. 양이 핥으려고 하지 않으면 한두 번 먼저 엄마를 핥다가, 일단 엄마가 자신을 핥아주기 시작하면 계속 해달라며 언제까지고 태평하게 있다. 양은 모성본능 때문인지 성실하게 그레이를 핥아주는데, 도중에 자신이 하고 있는 일의 바보 같음을 깨닫고 탄성을 지르며 화를 내는 경우도 종종 있다. 퍼뜩 정신을 차리고 나니 자신의 착함에 화가 난 것이리라.

그레이는 이런 식으로 다른 이에게 뭔가 해달라고 졸라서 받기는 해도, 남들한테 무언가 해주려고 하지는 않는다. 이런 점도 나랑 닮았다고 아내가 말했다.

그러고 보니 우리 집에서 양은 아내가 예뻐하고 소마는 우리 외동아들이 귀여워하나, 그레이를 가장 예뻐하는 사람이 없다. 이렇게 다른 누구에게도 사랑받지 못하는 구석도 나랑 닮았다고 할 수 있겠다.

하지만 그레이가 은색 모피를 입은 옅은 녹색 눈동자의 아름다운 귀부인 같은 고양이라는 점은 나와 조금도 닮지 않았다.

소마와 그레이의 엄마인 양 이야기를 하자면, 기묘하세도 세 마리 중에서 가장 아이 같다. 인간으로 치자면 벌써 마흔 줄에 접어드는데도 아직 엄마 젖이 그리운지 잘 때 단풍색의 혀끝을 통처럼 둥글게 말고 '츄츄츄' 젖 먹는 소리를 낸다. 이로써『고양이의 생활』(분게이슌주)의 저자인 조르지오 첼리Giorgio Celli의 '고양이는 꿈을 꿀까'라는 의문에 답이 되지 않았을까 싶다. 양이 엄마 젖을 빠는 꿈을 꾸고 있는 게 틀림없으므로.

아니, 어쩌면 뒤에 언급할(말하지 않아도 다 아는 하루키의)『양을 쫓는 모험』서두의 '나'처럼 고래의 거대한 페니스라도 생각하고 있는지도 모르겠다.

고양이는 고래의 페니스 꿈을 꾸고 있는 걸까.

딸 그레이가 언제나처럼 거실 스토브 옆이나 햇볕이 잘 드는 곳에서 자고 있으면 멀리서부터 양이 달려와 간섭한다. 잠에서 깬 그레이는 무슨 일인지 꾸짖어 타이르는 듯한, '엄마, 나는 놀 생각 없어!'라고 말하는 듯한 표정으로 다시 잘 태세를 갖춘다.

그레이는 대개 이런 식으로 무표정이나 언제나 기분이 안 좋고

지루하다는 듯한 얼굴이다(전술했듯이 이는 오만상을 쓰고 있는 것처럼 보이는 무늬 탓으로, 실제로 어떤지는 알 수 없지만, 얼굴에 찌푸린 무늬를 달고 사는 사이에 우거지상 같은 성격이 됐을지도 모를 일이다).

양은 다시 그레이를 목표로 돌진한다…….
그레이는 눈썹을 찌푸리고 엄마의 광태를 지켜본다…….

나는 양의 행동이 어려서라기보다는 서비스 정신을 실천하기 위한 기술이 아닐까 생각한다. 엄마가 딸에게 열심히 서비스하고 있는 것이다. 혹은 우리에게 모녀의 활극을 보여주고 있을지도 모른다.

양은 서비스 정신이 왕성하다.
내가 피곤해서 드러누워 있으면 내 다리나 배, 가슴 위로 올라와서 가르릉거리기 시작한다. 천장을 향해 반듯하게 누운 내 두 다리에 두 손 두 발을 가지런히 모아 착 밀착시키는 양보다 진정 만족스러운 것은 없다. 더는 아무것도 필요 없을 것 같은, 더할 나위 없는 행복의 경지에 오른다.
고양이 방석이 되는 마조히스틱한 쾌락을 느낀다.
그럴 때 양은 대체로 내 쪽으로 엉덩이를 대고 앉는데, 긴 꼬리가 내 코끝을 간질이고 때로 응가 묻은 항문에서 설형 문자처럼 복잡하게 얽힌 국화 꽃잎이 보이면 더할 나위 없는 기쁨을 느낀다. 양의 기분 좋음이 내게로 전해지고, 내 안에서 좋은 기분이 반향이 되어 증폭되는 것이다. 때때로 양이 내 기쁨을 헤아리고는 무릎이 조금 아플 정도로 발톱을 세워 가르릉거린다. 나도 어느샌가 가르릉거리고 있다. 이렇게 말하면 거짓말일 테지만 나도 가르릉거리는 기분이 든다.

손을 내밀면 핥아줄 때도 있다.
카메라 앞에서 가끔 포즈를 취한다.
웃어줄 때도 있다.

카메라를 들이대고 접근해가면 주차해놓은 차 밑으로 도망가거나 일부러 발밑으로 바짝 다가와서 심술을 부리다가도, 어느 순간 길가에 벌러덩 눕거나 뒹굴뒹굴한다. 등이 가려워서 일지도 모르겠으나 나는 역시 양의 서비스라고 본다. 그렇지만 어디까지나 기분이 내킬 때 이야기로 정말 어쩌다가 그렇다.

고양이는 주인의 의향에 따르지 않는다. 하물며 카메라를 목에 늘어뜨린 내 의도 따위는 아랑곳하지 않는다. 하지만 사진을 찍으려는 사람과 영합하지 않다가 간혹 찍는 사람의 의도와 일치되어 나오는 고양이의 몸짓은 역시 인간 모델이 취하는 포즈와는 차원이 다른, 굉장히 자연스러운 포즈인 경우가 있다. 그 포즈의 흥미로움은 몰래 카메라가 주는 재미에 가깝다. 그래도 순수한 몰래 카메라는 아니다. 고양이와 내 사이에 일종의 공범 관계가 성립됐기 때문이다.

양은 본능이 시킨 기술인 양 거의 무의식적으로 꾸밈없는 교태를 부린다. 나는 그 교태의 틈을 파고들어 셔터를 누른다. 사진을 찍힌 양은 '당했다' '찍혔다'는 듯한 표정을 하고 자취를 감춰버린다. 그 후에는 아무리 불러도 모습을 드러내지 않는다.

양은 사라져버리는 것이다.

어디에 간 걸까.

아무리 찾아봐도 소용이 없다.

고양이를 찾기는 어렵다.

고양이가 나타나기를 기다릴 수밖에 없다. 거기에는 어떠한 노력이나 추측도 도움이 되질 않는다.

우연이라는 위대한 코스모스 법칙에 따르는 수밖에 없다.

제 3 장

고양이만 아는
연애의 기술

나는 그 이후 가게를 센다가야로 옮기고 거기서 소설을 썼다. 일이 끝나면 밤중에 고양이를 무릎 위에 올려놓고 맥주를 홀짝홀짝 마시면서 첫 소설을 썼던 날들을 지금도 생생히 기억하고 있다. 고양이는 내가 소설을 쓰는 것도 탐탁지 않게 여겼던 모양으로 종종 책상 위 원고지를 짓밟았다.

무라카미 하루키, 『무라카미 아사히도는 어떻게 단련되었을까村上朝日堂はいかにして鍛えられたか』, 아사히신분샤, 1997.

『바람의 노래를 들어라』의 고양이 살인사건

고양이라는 생명체는 늘 어디에 있는지 모른다는 점이 그 존재 자체를 수수께끼처럼 만든다.

고양이는 나타났다 싶으면 사라진다. 한 번 봤다고 생각한 장소로 다시 보러 가도, 거기에 있었던 적이 거의 없다. 고양이란 그곳에는 없는 존재라고 정의 내리고 싶어질 정도다.

자취를 감춘 동안 고양이는 대체 어디에 숨어 있는 걸까.

수고양이의 경우 종종 있는 일이긴 하나, 며칠 동안 안 돌아올 때도 있다.

고양이는 없어지는 것도 이상한데, 제대로 돌아오는 것도 이상하다. 없어진 채로 돌아오지 않더라도 어찌할 도리가 없다. 그렇게 생각하면 훌쩍 떠나 훌쩍 돌아오는 고양이의 존재에 진심으로 감사할 수밖에 없다.

집 밖에는 고양이를 위협하는 게 얼마든지 있다. 고양이가 돌아오고 싶어도 돌아올 수 없게 되는 것이다.

고양이에게 까닭 없이 위해를 가하는 자도 있다. 독이 든 먹이를 뿌리는 자가 있다. 반 장난으로 고양이를 치고 가는 차가 있다. 요즘에는 별로 못 들었는데, 샤미센⁹ 가죽으로 쓰려고 고양이를 잡는 자도 있었다.

고양이에게 위험한 것들은 곳곳에 널려 있다.

귀엽다고 해서(아내나 나처럼) 번쩍 집어 데려오고야 마는 자가 있다.

고양이를 둘러싼 위험에 대한 이야기. 그중 하나를 소개하자면, 무라카미 하루키의 『1973년의 핀볼』에서 제이가 이런 말을 하는 장면이 있다.

중국인 제이는 제이스 바를 경영한다. 어느 날 밤 '쥐'라는 별명을 가진 친구와 제이스 바에서 고양이와 관련한 이야기를 나눈다. 하루키 소설에서 처음으로 고양이가 등장하는 장면이라고 해도 무

---

9   일본의 발현 악기 중 하나.

방하다.

사실 하루키 소설에서 언제 최초로 고양이가 등장하는가는 어려운 문제다. 데뷔작『바람의 노래를 들어라』에서 쥐가 등장했을 때부터 이미 고양이는 쥐의 분신처럼 등장했다고도 말할 수 있다.

그렇지 않은가. 고양이 없는 쥐는 상상도 할 수 없다.『바람의 노래를 들어라』에 나오는 허구의 소설가 데릭 하트필드가 좋아한 세 가지는 "총과 고양이와 어머니가 구운 쿠키"다. 이러한 연유로『1973년의 핀볼』에서도 쥐가 제이의 고양이 이야기를 꺼내면서 가까워진다.

"왼손이야."

"왼손?" 쥐가 반문했다.

"고양이 말이야. 절름발이야. 4년쯤 전의 겨울이었어. 고양이가 피투성이가 되어서 집에 돌아온 거야. 발바닥이 마멀레이드처럼 끔찍하게 뭉크러졌더라고."

쥐는 들고 있던 잔을 카운터에 내려놓고 제이를 쳐다보았다. "어떻게 된 일인데?"

쥐처럼 쿨한 남자가 잔을 카운터에 내려놨다는 것은 중대한 일이 생겼다는 뜻이다. 평소라면 기관총이 불을 뿜는 듯한 사태로 발전하겠지만, 여기서는 고양이 이야기다.

제이가 말을 잇는다.

"모르겠어. 차에 치였는지도 모르겠다고 생각했어. 그런데 차에 치인 것 치고는 상처가 너무 심한 거야. 타이어에 밟혀서는 그렇게 되지 않거든. 꼭 바이스에 눌린 것 같더라고. 완전히 납작해져 있었거든. 누군가 장난을 쳤을지도 모르겠어."
"설마." 쥐는 믿을 수 없다는 듯이 고개를 저었다. "도대체 누가 고양이 발을……."

이 부분의 대화가 흥미로운 것은 물론(항상 고양이에게 괴롭힘당하고 있을) 쥐가 지독한 일은 당한 고양이 이야기에 친절히 귀를 기울이며 몹시 동정한다는 점이다.
하루키 소설의 동물들을 다룬 잡지가 있으면 재미있겠다고 생각하는데, 이 부분은 그런 잡지에 알맞는 에피소드를 제공할 것이다.

제이는 담배 끝을 몇 번 카운터에 두드리고 나서 입에 물고 불을 붙였다.
"그렇지. 고양이 발을 찌부러뜨릴 이유는 전혀 없지. 무척 온순한 고양이고, 나쁜 장난 같은 건 절대로 하지 않으니까. 게다가 고양이 발을 못 쓰게 만든다고 누가 이득을 보는 것도 아니니까 말이야. 무의미하고 끔찍한 일이지. 그렇지만 이 세상에는 그런 식의 악의가 산더미처럼 쌓여 있지. 나도 이해할 수 없고 자네도 이해할 수 없겠지. 그래도 그런 일은 분명히 존재해. 그런 일로 둘러싸여 있다고 해도 좋을 정도라고."

쥐는 맥주 잔에 시선을 고정시킨 채 다시 한번 고개를 저었다. "나는 도저히 이해가 안 돼."

그런데 놀랍게도 우리는 하루키의 데뷔작 『바람의 노래를 들어라』에서도 이와 비슷하게 고양이를 둘러싼 '이유 없는 악의'와 마주하게 된다. 하필이면 주인공 '나'가 36마리나 되는 고양를 죽였다는 사실을 독자에게(여자 친구에게가 아닌) 고백하는 것이다.

> …… 그녀는 주로 내가 다니는 대학과 도쿄 생활에 대해 질문했다. 별로 흥미로운 이야기는 아니다. 고양이를 사용한 실험 이야기나 (물론 죽이거나 하지는 않는다고 거짓말을 했다. 주로 심리적인 실험이라고. 그러나 사실 나는 두 달 동안 36마리의 크고 작은 고양이를 죽였다)……

36마리의 크고 작은 고양이다.

36이라는 숫자도 놀랍지만 "크고 작은"이라 말하는 대목에서 이 '고양이 살인자'의(유대인을 가스실에 보낸 나치와 같은) 기능적인 비정함이 드러난다. 마치 『1973년의 핀볼』의 제이가 『바람의 노래를 들어라』의 '나'를 두고 "너무 가혹하다"고 말하는 것 같지 않은가.

얼마나 지독한 녀석인가,『바람의 노래를 들어라』의 '나'라는 사람은. '쿨하다'고 얼버무려도 될 일인가. 과연 하루키는 고양이 애호가가 맞는 걸까.

물론 그는 고양이 애호가다. 아니, 애묘가라기보다는 하루키 자체가 고양이다.

사랑이 지나치다는 표현이 있는데, 섬세하고 연약한 생명체인 고양이가 우리의 가학 본능을 자극하는 부분이 있는지도 모르겠다. 고양이에 대한 사디즘이 있다 할지라도, 그것이 과격한 사랑의 발로였음을 잊어선 안 된다.

이런 면에 대해서는 조만간 서술하기로 하고, 일단 여기서는 하루키 소설 속 고양이의 등장 장면이 이처럼 피범벅된 잔혹한 폭력으로 점철됐다는 점만 확실히 기억해두자.

🐾 '검은 고양이' 빙의

앞서 고양이를 좋아한다기보다는 고양이 그 자체라고 표현해도 좋을 하루키의 첫 작품에서 잔인한 고양이 살인의 비밀을 고백하는 장면을 살펴봤다. 고양이 작가라고 말하면 누구나 떠올릴 에드거 앨런 포조차도『검은 고양이黑猫』(신죠분고)에서 고양이를 학대하는 장면을 그렸다.

이 소설의 주인공인 '나'는 예민한 성격이라 해도 좋고 우울증적 기질이라고 해도 좋을, 애묘가가 될 성격을 모두 갖추고 있다. 딱 고양이파다.

그가 기르던 플루토라는 검은 고양이는 "제법 크고 아름다운 동물로, 온몸이 까맣고 놀랄 정도로 영리했다"고 했는데, 이런 감상은 고양이를 사랑하는 사람의 것이다. 그런 그가 어느 날 밤 갑자기 돌변하여 다음과 같은 만행을 저지른다.

어느 날 밤 동네 여기저기에 있는 단골 술집 중 한군데에서 만취하여 집으로 돌아오니 그 고양이가 왠지 나를 피하는 느낌이 들었다. 나는 고양이를 붙잡았다. 고양이는 내 난폭함에 놀라 내 손을 물어서는 얕은 상처를 냈다. 그러자 나는 갑자기 악마와 같은 분노에 휩싸였다. 나는 내 자신을 잊어버렸다. 타고난 영혼이 즉각 몸에서 날아가 버린 것 같았다. 그리고 진[10]이 키워 낸 악마 이상의 증오에 몸의 근육이란 근육이 부들부들 떨렸다. 나는 조끼 주머니에서 주머니칼을 꺼내 펼친 뒤 불쌍한 동물의 목을 쥐고는 유유히 한쪽 눈알을 도려냈다. 이 가증스럽고 흉측한 행동을 적고 보니 얼굴이 붉어지고 몸은 화끈거려 몸서리가 난다.

(사사키 나오지로佐々木直次郎의 번역본이나 전후 관계에 따라 개역)

---

10   Gin. 증류주의 한 종류.

후에 살펴볼 『해변의 카프카』에 나오는 인물도 그렇지만, 고양이에 대한 감정이 사랑이기도 하고 증오이기도 한, 어딘가 돌발적인 격정에 사로잡히게 되는 현상이 흥미롭다. 『검은 고양이』의 '나'도 "자신을 잊어버"리고 "타고난 영혼이 즉각 몸에서 날아가 버린 것 같았다"고 말한다.

빙의나 인격의 격변이라 할 만한 사태가 주인공을 덮친다. 그래서 '나'는 다른 사람이 된 것처럼 사랑하는 검은 고양이의 한쪽 눈을 "유유히" 도려내고 마는 것이다.

고양이는 이렇게 우리의 선악의 구분을 없애고 격정에 치우치게 하는 악마 같은 능력을 지니고 있다. 고양이가 귀여워서 볼을 비빌 때는 평소에는 입에 담기도 힘든, 어울리지도 않는 애정 표현을 아무렇지도 않게 해버린다. 때때로 내가 우리 집 양이나 소마, 그레이를 상대로 하는 기묘한 애정 표현은 정말이지 착실한 성인의 입에서 나올 만한 언어가 아니다. 모르는 사람이 들으면 미친 사람의 넋두리라고밖에 생각할 수 없을 정도다.

고양이가 가진 인간의 정도를 벗어난 행동을 끌어내는 능력은 놀라워서 결국 고양이를 마녀나 악령, 마성이 있는 어떤 것으로 분류할 수밖에 없도록 만든다.

앞서 인용한 글에서도 "악마와 같은 분노에 휩싸였다"고 했다.

우리에게 고양이 혼이 들려서 못된 짓을 하는 것은 아닐까.

'나'는 검은 고양이의 혼에 씐 것이다. 결국 그는 한쪽 눈을 도려 낸 고양이가 방해되자 나무에 매달아 죽여버린다.

그 고양이가 나를 그리워하고 있다는 사실을 알고 있기에 고양이 가 나를 화나게 할 만한 일은 아무것도 하지 않았다고 느꼈기에 매 단 것이다. 그리하면 나는 죄를 지는 것이다. ─만약 이런 일이 가 능하다면 말이지만, 자신의 불사 혼을 아주 자비롭고 아주 두려운 신의 무한한 자비가 미치지 못하는 저쪽에 둔다─고 할 정도로 위 협적이고 극악한 죄를 저지른다는 사실을 알고 있기에 매단 것이 었다.

그러므로 이후에 주인공의 단골 술집에 있는 큰 나무통 위에 나 타난 검은 고양이는 그가 죽인 검은 고양이의 환생이라고밖에 볼 수 없다.

주인공 '나'의 타고난 기질이 고양이 애호가라는 점은 다음의 한 문장에서 분명히 드러난다.

내가 만지면 그 고양이는 바로 일어서 열심히 가르릉 목 울리는 소 리를 내고 내 손에 몸을 기대어 비비며 내가 눈길을 주고 있다는 사실에 기뻐하는 눈치였다. 이 아이야말로 내가 찾던 고양이였다.

그러나 집에 데려온 검은 고양이가 플루토처럼 한쪽 눈이 없다는 사실을 안 주인공의 검은 고양이에 대한 감정은 공포에 가까운 증오로 바뀐다.

나는 그 요물이 싫고 두려워, 할 수 있으면 눈 딱 감고 해치워버리고 싶다고 생각할 정도였다.

이후의 내용은 알려진 대로다.

어느 날 주인공이 집에 있는 지하실 계단을 내려가다가 이 검은 고양이 때문에 하마터면 발을 헛디딜 뻔했다. 그러자 또 다시 악마 같은 욱함이 그를 휘감아 자신을 잊게 하여—"자신을 잊게 한다"는 것이 고양이라는 요물이 가진 기술임은 앞서 서술했다— 도끼를 치켜들고 고양이를 겨냥해 일격을 가하려 한다. 그러다 아내의 손에 저지당한 주인공이 "악마 이상의 분노에 사로잡혀"—플루토의 한쪽 눈을 도려냈을 때와 같은 표정을 짓는다— 아내의 정수리를 도끼로 내려찍는다. 이미 플루토의 악령에 들린 주인공은 아내의 시체를 지하실 벽에 넣고 발라버린다.

머지않아 가택수사에 나선 경찰관 앞에서 자랑스레 큰소리치는 주인공의 대사는 검은 고양이에게 씌어 나오는 것이라고밖에 생각할 수 없다.

"여러분" 경찰 일행이 계단을 오르려하자 '나'는 더는 못 참겠다는 듯이 말한다.

"혐의를 벗어 기쁩니다. 경찰관님들의 건강을 기원하며 다음에는 좀 더 예의를 지켜주셨으면 좋겠습니다. 그런데 여러분."

여기서 포 소설의 진면목인 악귀 정신이 활약하는데, 그 악귀는 바로 검은 고양이의 혼이다.

"이건, 이건 웬만큼 튼튼하게 지어진 집이 아니지요."

이때 주인공은 "나는 내가 하는 말 대부분을 이해하지 못했다"고 진술한다. 자신을 잊고, 자신조차 이해하기 어려운 실없는 소리를 한다. '나'라는 존재가 '나'이지 않게 되는 것이다.

"훌륭하게 잘 지어진 집이라 할 수 있겠지요. 이 벽은—아니, 벌써 가시려고요? 여러분— 이 벽은 정말 견고하게 쌓아 올린 것입니다."

이렇게 말하고 그는 "그저 미친 듯이 허세를 부리고 싶어서 마침 손에 들고 있던 지팡이로 사랑하는 아내가 묻힌 부분 위로 정밀하게 쌓아 올린 벽돌을 힘껏 내리쳤다". 악마적인 허세이자, 자학적인 처벌 행위다. 또한 고양이의 행동이기도 하다.

이때 주인공은 거의 검은 고양이에게 씌었다고 볼 수 있다. 아니, 그뿐만 아니라 이미 검은 고양이가 된 것 같지 않은가.

그때 벽 속에서 주인공의 소리에 답하는 목소리가 들려왔다.

"처음에는 마치 어린아이가 흐느끼는 것 같은, 무언가에 덮여 있는 것 같은 끊어질 듯한 부르짖음이었던 게 갑자기 높아져서 그야말로 괴상하고 인간의 소리가 아닌 듯한, 길고 날카롭게 이어지는 소리가 되어……"―명명하기 어려웠던 고양이 우는 소리의 모호함을 떠올려보시라―주인공은 "그 요물을 무덤에 집어넣고 벽을 발랐던 일"을 깨닫는다.

보시다시피 『검은 고양이』의 마지막 장면은 검은 고양이의 소리가 작품 속 활자에 울려 퍼져, 그 안의 모든 것이―'나'도, 죽은 아내도― 검은 고양이가 되어가는 듯한 상태를 시사하고 있다. 이는 고양이라는 생명체가 그 울음처럼 거침없고 종잡을 수 없게 여러 가지로 빙의한다는 속설에서 유래한다. 이런 점에서 『검은 고양이』의 주인공의 돌발적인 잔학성은 고양이가 주인공에게서 끌어낸 감정이며, 본디 고양이가 숨기고 있던 것일지도 모른다. 이 작품의 검은 고양이와 '나'는 서로의 혼을 훔칠 정도로 사랑한 것은 아닐까.

이쯤에서 시간을 1000년 정도 거슬러 올라가 『겐지모노가타리』에서 고양이가 사람의 운명을 비트는 장면을 살펴보자. 귀공자 가시와기가 히카루 겐지의 아내 중 가장 지체 높은 부인인 온나산노미야를 처음 만나는 장면이다.

3월의 화창한 봄날, 겐지의 집 로쿠조노인六条の院에서 축구 시합이 열리자 많은 귀공자들이 모인다. 거기에 중국 고양이가 나타나 비단발을 잡아당겨 걷어버린 통에, 가시와기는 전부터 사모하던 온나산노미야가 거주하는 궁의 모습을 틈으로 살짝 엿보게 된다.

세토우치 자쿠초瀬戸内寂聴의 신역(고단샤) 6권에 수록된「봄나물」을 인용해보자.

> 휘장을 한쪽으로 깔끔하게 밀어놓고 발 근처에 모여 있는 시녀들의 모습이 어쩐지 요염하고 가까이하기 쉬운 느낌이 듭니다. 그곳에 있는 아주 조그맣고 귀여운 중국 고양이를 쫓아 그보다 약간 더 큰 고양이가 갑자기 비단발끝에서 달려 나왔습니다. 시녀들이 놀라 일어서서 허둥대며 내는 옷깃 스치는 소리가 무척이나 요란스러워 귀에 거슬릴 정도였습니다.
>
> 고양이는 아직 사람을 잘 따르지 않는지 몹시 긴 목줄을 달고 있었는데, 그 줄이 어딘가에 걸려 휘감기고 말았습니다. 고양이가 도망

치려고 줄을 잡아당기자 발의 옆 자락이 안이 훤히 들여다보일 정도로 말려 올라가고 말았습니다. 얼른 그 발을 내리려는 눈치 빠른 시녀도 없었습니다. 기둥 옆에 있던 시녀들도 어찌할 바를 모르고 허둥댈 뿐이었습니다.

휘장 기장지리 조금 안쪽에 소례복 차림으로 서 있는 사람이 보입니다. 그곳은 계단부터 서쪽으로 두 번째 기둥 사이의 동쪽 끝이라서 숨을 수도 없으니 그대로 다 보입니다. 자홍색 겹옷일까요, 짙고 옅은 색이 겹겹이 겹친 화려함에 마치 소시草子[11]의 옆면같이 보입니다. 머리는 꼰 실처럼 등 뒤에서 나부끼고, 가지런히 잘린 탐스러운 머리칼 끝자락은 키보다 7, 8치는 길게 늘어져 있어 그 모습이 참으로 귀엽습니다.

몸집이 호리호리하고 가냘파 옷자락이 길게 끌리는 바람에 마치 옷만 있는 것 같은데, 그 용모며 머리를 늘어뜨리고 있는 옆얼굴하며, 형언할 수 없이 기품 있고 가련합니다. 저녁나절이라 방 안이 희미하고 더 안쪽은 어스레한 것이 어딘지 부족하여 안타깝습니다.

꽃이 공에 맞아 떨어지는 것도 안타까워하지 않고 축구에 열중하고 있는 젊은 귀공자들의 모습을 구경하느라 정신이 없는 시녀들이 안이 훤히 다 보인다는 걸 금방 알아차리기는 어렵겠지요.

가시와기 에몬노카미[12] 는 자꾸만 울어대는 고양이를 돌아보는 표정과 차림새, 경계심 하나 없이 어리고 귀여움으로 그분이 온나산

---

11 철한 책이나 많은 삽화를 실은 에도 시대의 대중 소설, 혹은 가나仮名로 쓴 이야기책.
12 衛門の督 혹은 衛門督. 일본 헤이안 시대의 벼슬 이름.

노미야라는 것을 금세 알아채 버렸습니다.

가시와기는 이날의 엿봄 이후로 뭔가에 홀린 듯이 온나산노미야에게 푹 빠졌고, 끝내는 이 귀부인과 내통하여 겐지의 노여움을 사서 요절한다. 온나산노미야는 가시와기와의 불륜으로 아이를 낳는데, 그 아이가 「우지주조宇治十帖」에서 우키후네와 슬픈 사랑을 하는 가오루 대장이다. 가시와기와 가오루, 2대에 걸친 비련의 막이 고양이가 걷어 올린 발에서 시작된 것이다.

그러나 이 장면에서 온나산노미야는 고양이에게 마음을 뺏겨 가시와기에게 사랑받을 자신의 운명 따위는 신경 쓸 여지도 없었다. "소례복 차림으로 서 있는 사람이 보입니다"에서 드러나듯 멀거니 그림자처럼 서 있을 뿐이었다. 그 어떤 심리적인 내적 갈등 없이, 자신이 일으킬 무서운 일 또한 꿈에도 모른 채 그저 우두커니 서 있는 귀부인은 무서울 정도로 신비스러운 광채를 발한다. 가시와기도 우연히 훔쳐본 온나산노미야를 "경계심 하나 없이 어리고 귀여"운 사람 정도로 생각해서, 후에 겐지의 아내인 그녀와의 사랑에 미쳐서 사생아를 낳고 요절하게 될 줄은 꿈에도 생각하지 못했다.

오직 중국 고양이만이 활약하고 있다. 중국 고양이만이 두 남녀의 운명을 알고 있는 듯하다. 누가 아는가, 둘을 조종하고 있는지도 모를 일이다. 『맥베스』의 마녀는 아닐지라도, 운명의 실을 조종하고 있다고는 말할 수 있다. 포의 『검은 고양이』에서처럼 가시와기도 고양이의 악령이 들렸다고 볼 수밖에 없다. 소위 마가 꼈다고 하는 그것이다. 고양이가 장난을 쳐서 고결한 가시와기의 마음을 현혹한 것이다.

사랑을 주선하는 『겐지모노가타리』의 중국 고양이는 고양이라는 생명체가 가진 관능적 마성을 잘 구현하고 있다. 정말로 고양이만이 아는 연애술이라는 게 있는 것이다.

🐾 고양이의 귀, 고양이의 코, 고양이의 발바닥 젤리

가끔 고양이는 흔적만 있고 실체가 없는 것은 아닐까 생각할 때가 있다.

바케네코化け猫, 즉 둔갑 고양이라는 말이 있는 것처럼 고양이는 둔갑하는 게 본성이다. 그렇다기보다는 고양이는 원래 둔갑 고양이로, 둔갑 고양이가 아닌 고양이는 고양이가 아니라고 말하고 싶다.

고양이는 유령 같은 구석이 있다. 잡을 수 있을 것 같아도 좀처럼 잡히지 않는다. 몸 전체가 푹신푹신 부드러워 묵직한 존재감이랄 게 없다. 어딘지 스러져버릴 듯한 덧없음을 몸에 두르고 있다. 손가락으로 누르면 그 손가락이 고양이 몸 깊숙이 뚫고 들어가 반대쪽까지 닿을 것 같다. 고양이의 이 같은 부드러움이 우리의 사디즘을 유발하는 것일지도 모르겠다.

뒤집어 말하면 고양이를 향한 사랑이 마조히즘으로 변하는 경우가 있다. 고양이를 향한 우리의 마음은 짝사랑이 될 수밖에 없다. 고양이에게 사랑받길 기대해서는 안 된다. 고양이는 야박하고 배은망덕하다. 물론 그런 점이 좋다는 사람도 있다(나도 이쪽이다).

또 다른 고양이 학대 장면이 떠오른다.
이 또한 고양이파임에 틀림없는 가지이 모토지로梶井基次郎의 『애무』라는 소설 속 내용이다.
가지이가 고양이파라는 증거는 다음 한 문장에서 뚜렷이 드러난다.
소설의 마지막 부분이다.

나는 벌러덩 반듯이 드러누워 고양이를 얼굴 위로 올려다본다. 앞발 두 개를 잡아서 부드러운 발바닥을 하나씩 내 눈꺼풀에 대본다. 적당히 기분 좋은 고양이의 무게. 따뜻한 발바닥. 피곤한 내 눈동자에 이 세상의 것이 아닌 절실한 휴식이 전해져온다.

고양이를 얼굴 위에 앉히는 행위는 애묘가가 아니면 할 수 없는 기술이다. 나 같은 경우에는 고양이 발바닥을 눈꺼풀에 대볼 뿐만 아니라 흙 묻은 앞발을 물기까지 한다. 코와 코를 맞대고 인사하는 것은 일상다반사로, 꼬리를 입에 넣거나 배의 털가죽을 물기도 한다.

고양이의 촉촉하고 차가운 콧등에 내 콧등을 비벼대는 것만큼 기분 좋은 일은 없다(그건 그렇고 내가 항상 궁금해하는 것인데, 고양이 코는 왜 그렇게 젖어 있거나 말라 있거나 하는 걸까. 더구나 고양이는 어떻게 코를 적시는 것일까. 고양이는 적시겠다고 마음만 먹으면 언제든지 코를 촉촉하게 할 수 있는 걸까. 고양이는 언제 코를 적시고 싶어 할까. 의문이 끊이질 않는다).

그런데 이런 애묘가가 ─정도가 지나쳐서 일지도 모른다─ 말도 안 되는 '잔혹한 공상'에 빠진다. 그 잔혹한 공상이 고양이를 좋아하는 사람의 마음과 조금도 모순되지 않는다는 점이 고양이라는 존재가 지닌 만만하지 않음을, 그야말로 모순적이고 악마적인 본성을 방증한다.

앞서 배의 털가죽을 물거나 한다고 했는데, 방심하면 좀 깊숙이 물게 되어서 고양이가 비명을 지를 때도 있다.

가지이는 "고양이의 귀는 참으로 우스운 것이다"라고 서두를 시작한다.

얄팍하고 차갑고 겉에는 죽순 껍질 같은 융털이 나 있으며 안은 반짝반짝하다. 딱딱한 것 같기도 하고 부드러운 것 같기도 한, 뭐라 말할 수 없는 특별한 물질이다.

여기까지 읽으면 가지이의 뛰어난 사생문寫生文에 감탄해서 양이든 소마든 좋으니 당장 우리 집고양이를 안고 귀를 만져 확인하고 싶어질 정도다.

나는 어려서부터 고양이 귀만 보면 '차표 찍는 펀치'로 한번 딸깍 뚫어보고 싶어서 견딜 수 없었다.

이 부분은 포의『검은 고양이』처럼 돌연히 악귀에게 들려 고양이를 좋아하던 인격이 표변하는 사태를 그리고 있진 않아도, 고양이를 끔찍이도 사랑하는 사람이 지극히 자연스럽게 잔혹한 행위에 다다르는 감정의 기미를 참으로 적확하게 표현하고 있다. 이 경우에도 잘못을 저지른 것은 인간이 아니라 그 감정을 유발한 고양이라고 말하고 싶을 정도다.

고양이는 마조히스트일까. 괴롭힘당하는 걸 즐기는 체질일까.

『애무』에서 고양이에게 가해지는 잔혹한 행위는 고양이 귀를 차표 찍는 펀치로 뚫는 것으로 그치지 않는다. 발—이라기보다는 손—

도 희생시킨다.

어느 날 나는 묘한 꿈을 꾸었다.

X라는 여자의 방이었다. 이 여자는 귀여운 고양이를 길렀는데, 내가 가면 항상 안고 있던 그 녀석을 품에서 떼어 건네주었고, 나는 늘 그게 난감했다.

라고 말하는 걸 보니 '나'가 고양이를 특별히 싫어하는 것은 아니다. 싫어하기는커녕 그 반대다.

안아보면 그 새끼 고양이에게선 항상 옅은 향기가 났다.

그렇다. '나'는 고양이에게 희미한 질투심을 품고 있다. 질투할 정도로 고양이(와 여자)를 사랑하고 있는 것이다.

그녀는 방 안 거울 앞에서 화장을 하고 있었다. 나는 신문인가 뭔가를 보면서 힐끔힐끔 그쪽을 바라보고 있었는데……

고양이를 주제로 한 이 소설이 시종일관 여성적인 분위기로 흐른다는 점에 주목했으면 좋겠다. 실제로 고양이는 거울과 화장과 여자의 세계에 쉽게 녹아드는 존재다.

놀라서 조그맣게 앗! 소리를 질렀다. 그녀는 놀랍게도 고양이 발로 얼굴에 분칠하고 있던 것이다! 소름이 끼쳤다. 그런데 다시 자세히 보니 그것은 일종의 화장 도구로, 마치 고양이가 앞발을 쓰는 것처럼 사용하고 있다는 사실을 깨달았다.

고양이 발로 화장하는 여자. 확실히 고양이는 여자고, 여자는 고양이다. 그것은 고양이가 앞발로 얼굴을 핥아 세수를 하는 몸짓에서 나온 발상이다.

하지만 아무래도 이상해서 '나'는 그녀의 등에 대고 질문한다.

"그게 뭡니까? 얼굴을 문지르고 있는 것이?"

원작에서는 문지르다를 강조해서 그녀의 섬뜩한 행동을 부각한다.

"이거요?"

그녀는 미소를 지으며 뒤돌아보고는 그것을 던져주었다. 집어 들어 자세히 보니 역시 고양이 발이었다.

"대체 이게 어찌 된 일입니까?"

이렇게 물으면서 그는 항상 있던 새끼 고양이 뮤르가 오늘은 없다는 것과 앞발이 아무래도 뮤르의 것이란 사실을 "섬광이 스치듯" 깨닫는다. 귀여워하던 고양이 발을 잘라버린 걸까.

그녀의 대답은,

"아시잖아요, 이건 뮤르의 앞발이에요."

사랑하던 고양이의 앞발을 절단해 화장 도구로 삼아 거울 앞에서 얼굴을 "문지르고 있는" 여자.

확실히 소름 끼치는 광경이긴 한데, 어쩐지 고양이도 소망하지 않았을까 하는 생각이 든다. 여기서 고양이의 잔혹함과 여자의 잔혹함이 거울 속에서 서로를 비추고 있는 듯하다. 그러니까 마지막 장면에서 고양이를 얼굴 위에 앉히고 그 발바닥을 하나씩 눈에 대보며 전해져오는 "이 세상 것이 아닌 절실한 휴식"을 맛보고 있는 '나'는 포의 『검은 고양이』의 '나'처럼 "이 세상의 것이 아닌" 무언가로 막 변하려는 찰나에 있다고 볼 수 있다.

그런지도 모르고 그는 고양이 발을 잘라내 화장 도구로 삼아 얼굴을 "문지르"는, 무섭고도 불길한 꿈을 꾸고 있다.

제4장

"이게 또 엄청난 이야기인데요"

─ 고양이 수난사

내가 한번은 귀가 물어뜯겨 거의 잘리고 몸집이 큰 검은 고양이를 해 질 녘 바닷가에서 본 적이 있는데, 솔직히 고양이로 보이진 않았다. 발바닥 젤리를 찾으러 바다에서 나온, 진흙 속에 사는 불길하고 다리가 달린 물고기처럼 보였다.

무라카미 하루키, 『먼 북소리』, 고단샤, 1990.

🐾 애정 행위

앞서 고양이파의 챔피언으로 소개한 미시마도 고양이를 학대하는 장면을 묘사했다.

『오후의 예항午後の曳航』의 도우라는 소년은 뱃사람 류지를 보며 "진짜 중 진짜" "진짜 영웅"을 꿈꾼다. 그런데 류지가 가짜 영웅이라는 사실이 탄로 나고 도우의 아름다운 미망인 어머니와 결혼한 후에 육지로 나갈 것임이 판명 나자 도우는 동료들과 함께 추락한 우상을 처형한다. 소설에서는 처형의 리허설 격으로 고양이를 잔혹하게 죽인다.

그 잔혹함의 디테일이 살아 있는 부분을 찬찬히 음미하기 위해 다소 긴 문장을 인용한다.

도우는 고양이 목을 잡고 일어섰다. 고양이는 아무 소리도 내지 않고 그의 손가락 사이로 축 늘어져 있었다. 그는 자신의 마음속에서 동정심이 생기진 않나 점검해봤지만, 그런 건 저 멀리 힐끗 보였다가 이내 사라졌기에 안심했다. ……

도우는 있는 힘껏 새끼 고양이를 번쩍 치켜들어 목재 위로 내동댕이쳤다. 손가락 사이에 끼어 있던 따뜻하고 부드러운 것이 공기를 가로질러 날아가는 게 굉장했다. 손가락에는 아직 솜털의 감촉이 어렴풋이 남아 있었다.

"아직 안 죽었네. 한 번 더."

라고 우두머리가 말했다. 벌거벗은 다섯 소년은 어둑어둑한 헛간 곳곳에서 흔들림 없는 눈동자를 번뜩였다.

도우가 다시 집어 들어 올린 것은 이미 고양이가 아니었다. 빛나는 힘이 그의 손가락 끝까지 차 있었기에, 이번에는 그저 자신의 힘이 남긴 명쾌한 궤적을 집어 들어 그것을 목재에 몇 번씩 내동댕이칠 뿐이었다. 굉장히 덩치 큰 남자가 된 듯한 기분이 들었다.

두 번 중 딱 한 번, 새끼 고양이는 짧고 탁한 비명을 질렀다. ……

도우는 깊은 우물 속을 들여다보듯 고양이 사체에 들이닥친 작은 죽음의 구멍을 들여다봤다. 그렇게 얼굴을 가까이하는 데서 자신의 매우 늠름한 다정함, 친절함이라고 말해도 좋을 정도의 냉정한

다정함을 느꼈다. 꿩 고양이의 입과 콧구멍에서 검붉은 피가 흘렀고, 굳은 혀는 입천장에 착 달라붙어 있었다.

"야 다들 이리 와봐. 이제부턴 내가 할게."

어느샌가 고무장갑을 끼고 번쩍이는 가위를 든 우두머리가 고양이 사체 위에 웅크리고 앉았다. 멋있는 가위, 차갑고 지적인 위엄을 지닌 가위, 그것은 어둑어둑한 헛간의 가구와 오래된 잡지 더미 가운데서 서늘하게 빛나는 가위로, 도우는 이보다 더 우두머리와 어울리는 흉기는 없다고 생각했다.

이상에서 미시마가 냉혹하고 끔찍하게 고양이를 처참하게 베어 죽이면서도, 종이 한 장 정도의 차이로 그 또한 애정 표현임을 알리는 단어를 사용했음을 알 수 있다(앞선 인용문에서도 "다정함"이라는 단어를 사용했다 — "친절함이라고 말해도 좋을 정도의 냉정한 다정함").

우두머리는 한쪽 손으로 머리를 잡고 가위 끝으로 가슴에서 목구멍까지 부드럽게 잘라 양손으로 가죽을 열어젖혔다.

미시마는 고양이의 머리, 고양이의 가슴, 고양이의 목구멍이라고 쓰지 않았다. 여기서 절개해 열어젖히는 것은 미시마 자신의 몸 같지 않은가.

샤를 보들레르Charles Baudelaire(비길 데 없는 고양이파다)의 「자신을 벌하는 사람」이라는 시가 있는데, 미시마는 벌하는 자이기도 하면서 벌을 받는 자, '상처이자 칼' '희생자이자 가해자'인 것이다.

…… 껍질을 벗긴 죽순처럼 반들반들한 하얀 내부가 드러났다. 그것은 거죽이 벗겨진 우아한 머리에 고양이 가면이 씌워져 가로누워 있는 것처럼 보였다.

"고양이 가면이 씌워져 가로누워 있는" 미시마의 "우아한 머리"…… 아무래도 이치가야 자위대 주둔지의 총감실 발코니에 굴러 떨어진 미시마의 머리를 떠올릴 수밖에 없다.

그 또한 가면을 뒤집어 쓴 채 잘린 목이었을까…….

세간을 속이기 위한…….

그는 결국 고양이에게 들이댔던 칼날을 자신에게 들이대고 말았다.

문제는 미시마가 이러한 묘사를 하기 위해 실제로 고양이를 죽였는가다. 미시마는 피 보기를 좋아했던 데다가 소설을 쓸 때 취재를 게을리하지 않고 치밀하게 메모했다고 하니 모든 것이 실제 경험에 따른 내용일지도 모를 일이다.

고양이는 그저 껍데기였다. 이 생명은 그저 고양이인 척을 하고 있을 뿐이었다.

내부는…… 매끈한 무표정의 내부는 도우를 비롯한 소년들과 완전히 공통된 것으로, 그들은 하얗고 매끈매끈하며 차분한 내피의 존재를 향해 자신들의 시커멓고 착잡한, 아직 살아 있는 내부가 마치 물 위를 항해하는 배처럼 그림자를 드리우며 항해하고 있음을 느꼈다. 여기서 비로소 그들은 고양이, 정확히는 고양이였던 것과 처음으로 긴밀히 연결됐다.

피투성이 죽음에 의한 결합―후에 『우국』에서 묘사되는 처참한 피의 결합―과 연결되는 것이 이미 여기서 드러나고 있다.

차츰차츰 드러나는 고양이 내피의 반투명한 자개의 아름다움은 조금도 불쾌하지 않았다. 반투명한 갈비뼈가 훤히 보이고, 큰 망막 아래에서 따뜻하게 가정적家庭的으로 움직이고 있는 장이 훤히 들여다보였다.
"어때, 너무 적나라하지. 이렇게 발가벗겨도 괜찮나? 너무 예의 없는 것 같지 않아?"

우두머리의 대사가 뒤에 살펴볼 하루키의 『해변의 카프카』에 등장하는 유명한 '고양이 살인자' 조니 워커의 노악虐惡적이고 악마주의적인 대사와 신기하게도 일치한다는 점에 주목해야 한다.

도우는 눈앞에 보이는 것, 저렇게 노골적인 모습으로 세상과 마주하고 있는 것과 어젯밤 목격한 남자와 어머니의 그 이상 적나라할 수 없던 모습을 비교해봤다.

"어젯밤 목격한 남자와 어머니"라 함은 도우가 벽에 뚫어놓은 스파이홀 사이로 본 류지와 어머니의 정사 장면을 말한다. 확실히 고양이가 장까지 드러낸 적나라한 모습은 남녀가 내장을 속속들이 보이는 자세로 정을 통하는 모습과 비슷하다.

한 번 더 『우국』에서 할복자살하는 중위와 그 뒤를 따라 목을 찔러 자살하는 아내의 피투성이가 된 사랑을 떠올려보시라.

...... 그래도 이것에 비하면 저것은 아직 충분히 적나라하지 않았다. 저것은 그래도 피부로 감싸져 있다. 그리고 저 훌륭한 기적[44]은, 기적의 퍼짐이 그리는 광대한 세계는, 이렇게 깊은 곳까지 스며들지 않은 것이다. ...... 껍질을 벗긴 고양이는 투명하게 보이는 내장의 움직임으로 세상의 핵심과 좀 더 직접적이고 아릿하게 맞닿아 있다.

그렇다. 애정 행위를 통해 세계의 핵심과 맞닿는 것이 불가능하다는 사실을 안 미시마는 이치가야 자위대 주둔지에 난입하여 할복자살함으로써 "좀 더 직접적이고 아릿하게 세상과 맞닿"을 수 있다고 믿은 것은 아닐까.

지금 여기서 시작된 것은 무엇일까? 도우는 점점 심해지는 고약한
냄새에 손수건을 말아 코에 쑤셔 넣고 입으로 뜨거운 숨을 내쉬면
서 생각했다.

이 부분, 지나치게 사실적인 미시마의 필치는 날카로운 광기를
향해 있었던 듯하다. "입으로 뜨거운 숨을 내쉬면서"라고 쓰면서 그
는 장이 찢어진 배를 헐떡이며 움켜쥐는 감각을 느끼고 있다.

피는 거의 나지 않았다. 우두머리가 가위로 얇은 막을 찢으니까 크
고 검붉은 간이 보였다. 그러고 나서 희고 청결한 소장을 풀어 꺼
내자, 피어오른 김이 고무장갑을 휘감았다. 그는 장을 둥글게 썰어
레몬색 물을 꼭 짜 보였다.
"플란넬[13]처럼 잘 잘랐지."

심약한 분들은 졸도할지도 모르니 여기부터는 읽지 마시라고 말
해야 했는지도 모르겠다.
여기서도 의심되는 것은 미시마가 이 문장을 쓸 때 실제로 고양
이를 해부한 게 아닐까 하는 점이다. 한 손에는 가위를, 한 손에는 펜
치를 들고 소장을 풀어 꺼내어 레몬색 물을 꼭 짜내며, 피를 뒤집어

---

13   양복감으로 많이 쓰는 부드러운 모직물.

쓴 채 노트에 필기했던 것은 아닐까.

　이 현장감과 광기의 현실성은 다음에 살펴볼 하루키의 고양이 살인 장면이 주는 잔혹함을 능가한다.

고양이 찾기 달인, 『해변의 카프카』의 나카타 씨

하루키의 『해변의 카프카』에 등장하는 나카타 씨는 예순이 넘은 남자로 직업은 고양이 찾기다. 그는 다음과 같이 소설에 등장한다.

> "안녕하세요"라고 초로의 남자가 말을 걸었다.
> 고양이는 얼굴을 조금 쳐들고 낮은 목소리로 몹시 귀찮다는 듯이 인사를 받았다. 늙고 커다란 검은 고양이였다.

나카타 씨는 『해변의 카프카』의 히어로다. 다무라 카프카와 한 쌍이 되어 등장하는 주인공으로, 카프카 소년보다 훨씬 매력적이다. 뭐라 말하기 어려운 얼빠진 듯한 온화한 분위기가 좋다.

　덧붙여 말하자면 나카타 씨와 함께 시코쿠四国까지 여행하는 호시노도 굉장히 착한 청년이다. 나카타와 호시노, 뜻 맞는 둘이 떠나는 한가로운 여행이 이 소설의 백미다.

그런 매력적인 나카타 씨가 등장하는 장면치고는 정말이지 소심한 서두다.

참고로 말하자면 이 검은 고양이는 상하 두 권으로 된 장편의 끝에도 등장한다. 이때 등장하는 검은 고양이의 상대역은 초로의 나카타 씨가 아니라 머지않아 나카타 씨와 모험을 떠나는 호시노 청년이다(나카타 씨는 이 무렵에는 이미 죽었다).

소설에는 이 검은 고양이가 나카타 씨와 이야기했던 검은 고양이라고 나와 있지 않다. 그렇기에 더더욱 두 마리 검은 고양이의 맨 처음과 맨 마지막에 등장하는 장면이 소설을 더 원만하게 연결하는 신비한 출현^{Apparition} 방식임을 짐작할 수 있다.

> 2시간이 지나 창밖을 보니 살찐 검은 고양이가 베란다 난간에 올라 방 안을 들여다보고 있었다. 청년은 창문을 열고 무료함을 달래기 위해 말을 걸었다.
> "어이, 고양이 군. 오늘은 날씨가 좋지?"

이 단계에서 호시노는 검은 고양이가 인간의 언어를 구사한다고는 꿈에도 생각하지 못한다. 그런데

> "그렇네요, 호시노 군." 고양이가 답했다.

"난처하게 됐군." 청년이 말했다. 그리고 고개를 절레절레 흔들었다.

　를 보면 이 검은 고양이(얼마 안 있어 자신이 이름이 도로임을 밝힌다)는 나가다 씨나 호시노 청년, 그리고 소설의 주인공인 카프카 소년과 함께 『해변의 카프카』의 주요 등장인물인 것이다.

　『해변의 카프카』는 뒤에 살펴볼 『양을 쫓는 모험』이나 『태엽 감는 새』와 함께 하루키의 고양이 삼대 소설이라 칭할 수 있다. 『양을 쫓는 모험』 『태엽 감는 새』 『해변의 카프카』는 하루키의 고양이 3부작이다. 그리고 이 3편 모두 처음과 끝에 고양이가 나타나는 고양이 소설의 짜임새로 구성되었다.

　『해변의 카프카』의 마지막 장면에서는 나카타 씨가 검은 고양이에게 고양이 말로 이야기한 것과는 반대로 검은 고양이가 인간의 언어를 구사한다. 공통점은 고양이 말을 할 줄 하는 인간(나카타 씨)이나 인간의 말을 할 줄 아는 고양이(검은 고양이)에 대해서 고양이나 인간이 크게 놀라는 기색을 보이지 않는다는 것이다. 그들 고양이와 인간은 서로 같은 언어를 쓰고 있다는 이상한 상황을 '받아들인다'.

　하루키식으로 그 상황을 '삼킨다'고 표현해도 좋다.

　나카타 씨가 고양이 언어로 말할 때 검은 고양이는 "흠, 당신은…… 고양이 말을 할 줄 아는군"이라고 말할 뿐이고, 검은 고양이

도로가 인간의 언어로 말하는 걸 들은 호시노 청년은 그저 "난처하게 됐군"이라고 말할 뿐이다.

아무도 놀라지 않는다. 이는 하루키 소설의 등장인물들이 고양이화 과정을 걷고 있다는 것을 증명한다. 누구든지 조금씩 고양이로 변신해가고 있기 때문에 고양이가 인간의 언어를 써도 놀라지 않는 것이다.

그러고 보면 『해변의 카프카』에서 고양이는 몇 번이나 이상한 방식으로 등장한다. 한번은 나카타 씨 파트에서가 아니라 카프카 소년의 파트였다. 가출한 카프카 소년이 다카마쓰高松에서 사쿠라라는 연상의 여자가 사는 아파트에서 하룻밤을 묵고 난 다음 날 아침의 일이다. 그가 사쿠라에게 남기는 편지를 쓰고 아파트를 나가려는 부분인데, 고양이가 등장하는 문단 전체를 인용해보자.

편지를 컵 밑에 둔다. 그리고 배낭을 들고 아파트를 나온다. 열쇠는 시키는 대로 매트 밑에 넣어둔다. 계단 한가운데쯤에 하얗고 검은 반점을 가진 얼룩 고양이가 낮잠을 자고 있다. 사람이 익숙한지 내가 내려가도 일어날 기색을 보이지 않는다. 옆에 앉아 잠시 그 커다란 수고양이를 쓰다듬는다. 정겨운 감촉이다. 고양이는 눈을 가늘게 뜨고 목구멍을 골골거리기 시작한다. 우리는 한참 동안 계단에 나란히 앉아 각자 친밀한 감촉을 즐기고 있다. 머지않아 나는 그에게 작별을 고하고 거리로 나간다. 밖에는 가랑비가 내리기 시작했다.

고양이에 관해서는 이뿐이다.

여기에 등장하는 것은 검은 고양이가 아니라 "하얗고 검은 반점을 가진 얼룩 고양이"다. 나카타 씨 파트에 나온 고양이와 반드시 같은 고양이라고는 볼 수 없겠지만, 그럼에도 "정겨운 감촉"이라고 한 부분이 신경 쓰인다. 왜 카프카 소년은 이 고양이를 '정겹다'고 생각한 것일까.

이 앞의 내용 중 카프카 소년이 고양이를 길렀다든지 예뻐했다는 서술은 없다.

참고로 나카타 씨 파트에 등장하는 고양이는 그야말로 주역을 해낼 정도의 동향을 보이지만, 카프카 소년 파트에 등장하는 고양이는 고작 이 정도다(상권 거의 끝에 나오는 카프카 소년 파트에서 도서관 사서 오시마 씨가 고양이가 도시락을 먹어버릴까 걱정해서는 "오랫동안 두면 근처 고양이가 와서 먹어버릴지도 몰라"라고 말하는 장면이 있다. "이 근처는 고양이가 엄청 많아. 해안가 솔밭에 새끼 고양이를 버리고 가는 사람이 많아서"라는 말에서 고양이가 엄청 많다고는 했지만, 과연 이를 두고 고양이가 등장했다고 볼 수 있을까).

아무래도 카프카 소년은 나카타 씨의 고양이, 특히 그 오쓰카 씨라는 검은 고양이를 추억하며 정겹다고 말하고 있는 듯하다.

나카타 씨 파트에 출몰하는 고양이가 불쑥 카프카 소년 파트에 얼굴을 들이민 것은 아닐까. 서로 전혀 안면도 없는, 다른 우주에 사는 나카타 씨와 하나가 되어 "각자 친밀한 감촉을 즐기고 있"는 듯싶다.

하루키 소설 중에는 『해변의 카프카』 외에도 『세계의 끝과 하드보일드 원더랜드』처럼 화자를 달리하는 장이 교대로 놓인 패러렐 월드Parallel world 구성을 취하는 소설이 있다. 거기서 서로 관계없는 '세계의 끝' 파트의 주인공('나僕')과 '하드보일드 원더랜드' 파트의 주인공('나私')이 아무것도 아닌 사소한 것—예를 들면 페이퍼 클립—을 떠올린다랄까, 의식하는 장면이 나온다. '세계의 끝'의 '나'가 "기억할 수 없다"며 여기저기 흩어져 있는 페이퍼 클립을 손에 들고 한동안 바라보고 있으면, 거기서 220페이지 정도 앞선 곳에 '하드보일드 원더랜드'의 '나'가 "그럴지도 모른"다며 형광등 불빛 아래서 빛나고 있는 흩어진 페이퍼 클립 한 상자를 보고는,

이전부터 페이퍼 클립이 왠지 신경 쓰여서 바닥을 조사하는 척하며 한 움큼 바지 주머니 속에 쑤셔 넣었다.

라고 말하는 식이다.
『해변의 카프카』에서는 페이퍼 클립이 아닌 검은 고양이—혹은

하얗고 검은 반점을 가진 얼룩 고양이—가 패러렐의 이차원적 세계를 왔다 갔다 하는 것일까. 아니면 『해변의 카프카』의 카프카 소년은 하루키의 또 다른 장편인 『양을 쫓는 모험』이나 『태엽 감는 새』에 등장하는 고양이 정어리나 삼치를 떠올린 걸까.

고양이가 하나의 세계에서 다른 세계로, 한 작품에서 다른 작품으로 레벨이 다른 세계로의 전이를 반복한다. 이렇게 무라카미 세계에서는 고양이가 소설에서 소설로 옮겨 다니는 것을 쫓는 데서 그의 소설을 읽는 쾌락을 얻을 수 있다.

매스컴을 떠들썩하게 한 '유명한 고양이'의 이야기를 엮은 책, 마틴 루이스Martyn Lewis의 『뉴스가 된 고양이ニュースになったネコ』(지쿠마쇼보)에는 이런 구문이 있다.

> "이렇게 보면 고양이라는 생물은 때와 장소를 넘어서 주위 생명체에게 참견하는 걸 좋아하는 동물인 것 같다."

이쯤에서 나카타 씨 파트의 고양이 등장 대목을 대략적으로 살펴보자면, 시코쿠 다카마쓰로 여행을 떠난 후로는 의외로 고양이의 출현이 적다. 하권 시작 부분에서 나카타 씨가 도서관에서 '세계의 고양이'라는 사진집 읽기에 열중하다가 "세상에는 참으로 여러 얼굴의 고양이 상이 있더군요. 나카타는 몰랐습니다"라고 감탄하는 부분을 찾아볼 수 있다.

조금 더 읽다 보면 호시노 청년이 "우주 그 자체가 거대한 쿠로네코[14] 택배군"이라고 당치도 않은, 하지만 심오한 철학이라 말하지 않을 수도 없는 명대사를 뱉는 부분이 있다.

뜻밖에도 『해변의 카프카』의 검은 고양이들이 마치 택배처럼 나카타 씨 파트에서 카프카 소년 파트로, 나아가서는 하루키의 다른 소설로 돌아다니고 있는지도 모르겠다. 하루키가 어슐러 르 귄Ursula K. Le Guin의 『캣윙空飛び猫』이나 『캣윙, 돌아오다帰ってきた空飛び猫』, 『멋진 알렉산더와 캣윙素晴らしいアレキサンダーと'空飛び猫たち'』(3권 모두 고단샤)을 번역했으니 있을 수도 있는 일이다.

계속해서 하권의 3분의 1 정도를 읽다 보면 나카타 씨와 고양이가 만나는 부분이 나온다.

…… 내려다보니 한 마리의 여윈 검은 고양이가 꼬리를 곧추세우고 빌딩과 빌딩 사이의 좁은 담벼락 위를 조용히 돌고 있었다.

이때는 나카타 씨가 검은 고양이에게 말을 걸어도 고양이는 돌아보지 않고 "그대로 계속해서 우아하게 걸어 건물 뒤로 사라졌다".

뒤이어 고양이가 모습을 드러낸 곳은 『해변의 카프카』의 뒷부분에서 나카타 씨와 호시노 청년이 강가에서 철 지난 모닥불을 피우고

---

14 クロネコ. 검은 고양이란 뜻으로, 일본 최대 택배업체인 야마토운수의 캐릭터다.

있을 때였다.

　　근처를 지나가던 고양이 한 마리가 가던 길을 멈추고 흥미로운 듯
　　쳐다봤다. 누런 줄무늬의 여윈 고양이였다. 꼬리 끝이 살짝 구부러
　　져 있었다.

　　이런 부분을 보면 꼬리 끝이 구부러진 이 고양이가 『양을 쫓는
모험』의 정어리거나 『태엽 감는 새』의 삼치의 환생이 아닐까 하는
생각이 든다. 그리고 나카타 씨가 죽은 후에 결국 혼자가 된 호시노
청년 앞에 검은 고양이 도로가 등장하는 것이다. 『해변의 카프카』에
서 고양이가 등장하는 장면에 얼마만큼 세심하게 신경 썼는지 알 수
있는 대목이다.

　　한편 『해변의 카프카』의 결말에 이르러 검은 고양이 도로가 (다
시?) 등장하는 46장이 끝나면 '까마귀라 불리는 소년'이라는 제목의
간주곡 풍의 짧은 장이 나오고, 47장 다무라 카프카의 장, 48장은 다
시 호시노 청년의 장이 나온다. 48장의 서두는 46장의 마지막 부분
을 받아,

　　"난처하게 됐군." 청년은 되풀이해서 말했다.

로 시작한다.

이와 같은 장 바꿈과 이야기 중단은 하루키의 특기인 교묘한 장면 전환의 묘미라 할 수 있다.

"난처할 게 뭐 있어, 호시노 짱." 검은 고양이가 귀찮은 듯이 말했다.

나카타 씨를 상대했던 검은 고양이가 "귀찮다는 듯이 인사를 받았"던 것을 상기해보자. 맨 처음과 맨 마지막에 검은 고양이를 등장시켜 같은 행동을 반복하는 『해변의 카프카』의 윤환적인 구조를 이해할 수 있을 것이다.

나카타 씨는 그가 '오쓰카 씨'라고 이름 붙인 검은 고양이에게 다음과 같이 자기 소개를 한다.

"…… 나카타는 아홉 살 때 사고를 당했습니다."
"어떤 사고였는데?"
"그게 아무리 생각해도 기억이 나질 않습니다."

이쯤에서 나카타 씨의 이야기를 중단하고 말하자면, 자신의 과거가 "기억이 나질 않"는다고 말하는 것은 또 다른 주인공인 카프카

와도 공통된 기억 상실의 체험을 의미한다. 하루키 소설의 큰 테마라고 해도 무방할 터인데,『해변의 카프카』는 특히『겐지모노가타리』의 우키후네의 실신이나 로쿠조노미야스도코로六條御息所의 생령[15] 체험과 묶여서 이야기된다.

"이 이야기의 가장 흥미로운 점은" 하고 도서관 사서인 오시마 씨가 카프카에게 말한다.

"로쿠조노미야스도코로는 자신이 생령이 됐다는 사실을 전혀 눈치채지 못한다는 거야."

생각해보면 고양이라는 생명체는 영묘靈猫라고도 불리거나 둔갑 고양이라고도 불리는 데서 알 수 있듯이 어딘지 변신할 것 같은 구석이 있고, 영적 세계와 통하는 듯한 섬뜩함이 있다.

나카타 씨의 이야기로 돌아가자.

"들은 얘기에 따르면 나카타는 원인을 알 수 없는 열병 같은 것에 걸려서 3주 동안 의식을 잃었다고 합니다. 그동안 줄곧 병원 입원실에서 링거라는 걸 맞으면서 누워 있었습니다. 그리고 간신히 의식이 돌아왔을 때는 그때까지의 일을 전부 잊어버렸습니다. ……욕조의 마개를 뽑아버린 것처럼 머릿속이 깨끗하게 텅 비었습니다. 그 사고가 일어나기 전에 나카타는 성적이 매우 좋은 수재였다

---

15   生靈: 살아있는 사람의 원령.

고 합니다. 그런데 언젠가 갑자기 쓰러졌다가 정신이 들었을 때에는, 나카타의 머리가 나빠져 있었습니다."……

"그렇지만 그 대신에 고양이와 말할 수 있게 되었단 말이지?"

"그렇습니다."

결국 나카타 씨는 기억상실증에 걸려 고양이와 가까운 존재가 됐으며, 고양이 또한 나카타 씨에게 친근감을 느끼는 것이다.

오쓰카 씨라는 검은 고양이도 매력적인 고양이로, 턱이 빠질 듯이 크게 하품을 하거나 발바닥 젤리를 핥거나 하는 몸짓이 현실적이면서도 참으로 사랑스럽다는 점에서 무라카미 세계에 어울린다.

🐾 하루키 고양이의 이름

덧붙여 말하자면 하루키 소설에 등장하는 고양이는 모두 특이한 이름을 가지고 있다. 오쓰카 씨도 그렇지만 『양을 쫓는 모험』의 정어리나, 『태엽 감는 새』의 삼치처럼 처음에는 이름이 없었지만 나중에 적당히 붙여진 경우가 많다.

특히 『양을 쫓는 모험』에서 나이 먹고 방귀만 뀌어대는 이름 없는 고양이를―주인공이 양을 찾아 홋카이도로 여행을 떠나게 되어― 검은 양복을 입은 비서에게 맡길 때 운전기사와 상의한 후에

'정어리'라는 이름을 붙여주는 부분은, 하루키의 고양이 명장면 모음집이라는 게 있다면 꼭 넣고 싶은 장면이다.

하루키는 그 고양이는 "전혀 귀엽지 않았다"고 운을 뗀다. 고양이 초상화로는 이 이상 없을 탁월한 묘사를 살펴보자.

귀엽다기보다는 굳이 말하자면 정반대였다. 털은 달아빠진 융단처럼 뻣뻣하고 꼬리 끝은 60도로 구부러져 있었으며, 이는 누런 데다, 3년 전에 다친 오른쪽 눈에서는 고름이 계속 나와 이제는 거의 시력을 잃어가고 있었다. 운동화와 감자를 분간할 수 있을지조차 의심스러웠다. 발바닥은 바싹 마른 콩 같고 귀에는 숙명처럼 진드기가 붙어 있으며, 나이 탓으로 하루에 스무 번은 방귀를 뀌었다. 아내가 공원 벤치 밑에서 데려왔을 때는 아직 어리고 말끔한 수고양이였는데, 그는 1970년대 후반을 비탈길에 놓인 볼링공처럼 파국을 향해서 급속히 굴러 내려갔다. 게다가 그에게는 이름조차 없었다. 이름이 없다는 게 고양이의 비극성을 덜어주는 것인지, 아니면 조장하고 있는 것인지는 나도 알 수 없었다.

"착하지, 착하지." 운전기사는 고양이에게 말하면서도 역시 손을 대지는 않았다. "이름이 뭐죠?"

"이름은 없어요."……

여기서부터 이름을 둘러싼 논쟁이 시작되는데 일부를 생략하고,

운전기사가 말하는 부분부터 다시 살펴보자.

"어떻게 할까요, 제가 마음대로 이름을 붙여도 될까요?"

"그야 전혀 상관없지요. 그런데 어떤 이름을?"

"정어리 어떨까요? 이제까지 정어리와 똑같은 대접을 받고 있었던 셈이니까요."

"나쁘지 않은데요"라고 나는 말했다.

"그렇죠?" 운전기사가 우쭐해서 말했다.

"어떻게 생각해?"라고 나는 여자 친구에게 물어보았다.

"나쁘지 않아요." 여자 친구가 답했다.

"어쩐지 천지창조 같아."

"여기에 정어리 있으라"라고 내가 말했다.

"정어리, 이리와" 하고 운전기사가 말하며 고양이를 안았다. 고양이는 겁을 먹어서 운전기사의 엄지손가락을 물고 방귀를 뀌었다.

사람의 엄지손가락을 물거나 방귀를 뀌는 부분이 뭐라 표현할 수 없을 정도로 귀엽지 않은가.

이 고양이도 『양을 쫓는 모험』 초반에서 이렇게 소개되었다가 마지막 부분의 운전기사와의 대화 속에서 다시 언뜻 모습을 비춰("정어리는 잘 지내고 있어요"라고 운전기사는 지프를 운전하면서 말했다. "통통하게 살이 올랐어요."), 정어리의 미래를 걱정하는 애묘가 독자들을 안심

시키는 배려도 잊지 않고 있다.

작명 이야기를 하는 김에 『태엽 감는 새』의 '삼치'에 대해 언급하자면, 삼치는 처음에 삼치가 아니라 주인공 아내의 오빠 이름을 따라 '와타야 노보루'라고 불렸다.

와타야 노보루는 주인공 '나(오카다 도루)'에게서 아내 구미코를 빼앗아가는 소설 속 악의 화신과 같은 존재다. 그런 사람의 이름을 사랑하는 고양이에게 붙였다는 데서 하루키 소설의 선악 문제를 생각할 수 있기에 흥미롭다.

하루키 소설의 주인공 '나儀'는 고양이처럼 선악의 세계를 건너다니는 양의儀儀적인 존재다. 고양이파인 미시마가 고양이를 학대하는 소설을 쓴 것처럼, 하루키 소설의 주인공 '나'에게도 사악한 그림자가 드리워졌다는 사실을 파악하기란 어렵지 않다.

때로는 고양이가 사랑스럽고 귀엽지 않고 어딘가 정체 모를 사악함을 숨기고 있는 것같이 보일 때가 있다. 하루키 소설의 '나' 또한 이와 같은 인물로, 단순히 정의감이 강한 사람이 아니다. 『바람의 노래를 들어라』로 데뷔한 '나'는 이미 36마리의 크고 작은 고양이를 죽인 전력이 있었다.

다시 『태엽 감는 새』로 돌아가자. 주인공 '나'가 없어진 고양이를 찾으러 구석진 골목에 있는 빈집의 정원에 들어갔다가 불가사의한 여자아이(가사하라 메이)를 만나 대화를 나눈다.

> "고양이를 찾고 있어"라고 땀이 밴 손바닥을 바지에 문지르며 변명하듯 말했다. "딱 일주일 전부터 집에 안 들어오고 있는데, 이 주변에서 본 사람이 있어."
>
> "어떻게 생긴 고양이야?"
>
> "몸집이 큰 수고양이야. 갈색 줄무늬에 꼬리 끝이 약간 구부러져 꺾여 있어."
>
> "이름은?"
>
> "노보루"라고 나는 대답했다. "와타야 노보루."
>
> "고양이치고는 아주 번듯한 이름이네."
>
> "아내의 오빠 이름이야. 느낌이 비슷해서 농담 삼아 붙였어."

이 대목을 읽다 보면 노보루라는 꼬리 끝이 구부러진 고양이가 『양을 쫓는 모험』의 정어리처럼 노쇠한 고양이는 아닐지라도, 젊은 시절의 정어리가 아닐까 하는 느낌이 든다.

그 때문인지 어떤지는 모르겠지만, 3권에서 노보루가 엉뚱하게 집에 돌아오자(이 방식 또한 고양이를 통해 이야기를 끝맺는 장편의 고리로 보인다) 주인공은 고양이에게 "새로운 이름을 붙일 필요가 있다""그것도 되도록 단순하고 구체적이면서 현실적인 이름이 좋겠다. 눈으로 볼 수 있고 실제로 손에 잡힐 듯한 이름이 좋겠다"고 생각해 정어리처럼 생선 이름을 따 삼치라는 이름을 붙였다.

정어리에서 삼치로―연령 순으로 보자면 삼치에서 정어리라고 해야 할지도 모르겠으나―하루키 소설의 우주 안에서 같은 고양이가 다른 소설에 다시 등장하고 있는 것처럼 보인다.

같은 소설 속에서 정어리든 삼치든 나타나거나 사라지게 해서 그 존재를 간헐적으로 점멸하고 있는 듯하다.

여기까지 컴퓨터 자판을 두드리고 심야 산책에 나갔더니, 차 뒤에서 양이 나타나 내 주변에서 펄쩍펄쩍 뛰었다.

정말이지 고양이라는 동물은 갑자기 나타났다가 갑자기 사라진다. 역시 하루키 소설에 어울리는 생명체다.

생각해보면 쥐라는 등장인물은 『바람의 노래를 들어라』『1973년의 핀볼』『양을 쫓는 모험』 3부작의 우주를 두루 돌아다니고 있는 듯하니, 고양이가 몇 편의 장편에 출몰한다고 이상하게 여길 것도 없다.

하루키 소설의 반복적 구성을 고려해봤을 때 고양이의 재등장은 『인간희극』을 쓴 오노레 드 발자크적인 등장인물의 재등장과 견주어봐야만 하는 흥미로운 테마다.

🐾 희생자이자 가해자,
하루키 소설의 두 얼굴

고양이 탐정 나카타 씨가 등장하는 『해변의 카프카』의 서두 장면(이라고 해봤자 나카타 씨는 6장에서 처음으로 등장한다)에서 이야기가 꽤 엉뚱한 곳으로 샜다. 어릴 적 사고로 기억을 잃고 머리가 나빠진 나카타 씨는 기초생활수급비와 이따금 고양이를 찾아주고 받는 품삯으로 살아간다.

그의 앞에 나타난 여러 고양이는 개성 있고 매력적이다. 앞서 언급한 오쓰카 씨도 그렇지만,

그때 등 뒤에서 조그맣게 키득거리는 웃음소리 같은 게 들려왔다. 나카나 씨가 돌아보니 옆집의 야트막한 벽돌 담장 위에 아름답고 날씬한 샴 고양이가 올라앉아서 눈을 가늘게 뜨고 이쪽을 보고 있었다.

이렇게 등장하는 미미라는 사랑스러운 암고양이 역시 그렇다.
푸치니의 오페라 〈라 보엠〉의 '내 이름은 미미'에서 이름을 따온, 날씬한 한쪽 다리를 올려 핑크색 발바닥 젤리를 점검하거나 잘 웃거나 하는 요염한 여자, 아니, 한 편의 그림 같은 고양이다.

그 샴 고양이는 슬슬 중년에 접어드는 암컷으로, 쭉 곧게 뻗은 꼬리를 자랑하듯 세우고 목에는 이름표를 겸한 목걸이를 맸다. 용모가 뛰어나고 몸에는 군살 하나 붙어 있지 않았다.

눈에서는 고름이 흘러나오고 귀에는 진드기를 달고 살며, 방귀만 뀌어대는 『양을 쫓는 모험』의 정어리와 정반대에 있는 아름답고 머리 좋은 고양이다. 이 샴 고양이가 가와무라 씨라는 '칠칠치 못한 얼뜨기 고양이'에게 나카타 씨가 찾고 있는 고마라는 고양이에 대한 정보를 캐낸다. 이 또한 하루키 작품의 고양이 명장면 중 하나다.

"이렇게 하면 어떨까요, 나카타 씨. 괜찮으시다면 내가 중간에서 이 아이랑 이야기해볼까요? 아무래도 고양이끼리는 얘기가 통하기 쉬울 테고, 이 아이의 이상한 말버릇도 좀 익숙하거든요. 그러니까 내가 이야기를 자세히 물어보고 나서 그걸 요약해서 나카다 씨에게 말씀드리면 어떻겠어요?"
"네. 그렇게 해주신다면 정말이지 나카타에게 큰 도움이 될 겁니다."
샴 고양이는 가볍게 고개를 끄덕이고는 발레라도 하듯이 벽돌 담장에서 훌쩍 뛰어 가볍게 땅바닥으로 내려왔다. 그리고 검은 꼬리를 깃대처럼 곧추세운 채 천천히 걸어와 가와무라 씨 옆에 앉았다. 가와무라 씨는 얼른 코끝을 내밀고 미미의 엉덩이 냄새를 맡으려고 했으나 바로 샴 고양이한테 뺨을 얻어맞고 몸을 움츠렸다.

이토록 사랑스러운 샴 고양이가 머지않아 소름 끼치도록 무서운 경험을 한다는 걸 떠올리면, 지금이라도 당장 번쩍 안고 집으로 데려가고 싶을 정도다.

이 장면의 재미는 가와무라 씨와 미미가 고양이의 행동과 인간의 행동을 모자이크처럼 번갈아가며 한다는 데 있다. 가와무라 씨는 고양이도 됐다가 인간도 됐다가 한다.

미미는 틈을 주지 않고 손바닥으로 다시 한번 상대방 코끝을 때렸다.

"제대로 얌전하게 이야기를 들으라고, 이 바보 똥싸개야." 미미는 위협적인 목소리로 가와무라 씨에게 윽박질렀다.

귀부인 같은 미녀 고양이가 "이 바보 똥싸개야"라며 위협적인 목소리로 욕을 퍼부으니 더욱더 매력적으로 보인다. 왠지 인간 세계에도 이런 거친 미인이 있을 것 같다.

"이 아이는요, 처음에 이렇게 윽박질러놓지 않으면 안 된다니까요." 미미가 나카타 씨 쪽을 돌아보고 변명하듯 말했다. "이렇게 하지 않으면 긴장이 풀려서 점점 더 이상한 말투를 쓰거든요. 이렇게 된 게 이 아이 탓은 아니라 불쌍한 마음도 들긴 하지만, 어쩔 수가 없네요."

"네." 나카타 씨는 영문도 모르는 채 동의했다.

그러고 나서 두 마리의 고양이 사이에서 대화가 오갔지만, 속도가 빠르고 목소리도 작아서 나카타 씨는 제대로 알아들을 수 없었다. 미미가 날카로운 소리로 질문하고 가와무라 씨는 겁먹은 목소리로 대답했다. 조금이라도 대답이 늦어지면 가차 없이 손바닥이 날아갔다. 무슨 일을 하더라도 무척 요령 있는 샴 고양이 같았다. 교양도 있었다. ······

미미는 이야기를 대충 듣고 나더니, '이제 됐으니까 저리 가'라고 하는 것처럼 가와무라 씨를 쫓아버렸다. 가와무라 씨는 풀이 죽어 어디론가 사라져버렸다. 그러고 나서 미미는 붙임성 있게 나카타 씨 무릎 위에 올라앉았다.

미미가 가와무라 씨에게서 알아낸 정보는 이 사랑스러운 고양이들의 운명을 점치는 듯한 우려스러운 내용이었다.

그들의 대화 내용에 따르면 가와무라 씨는 공터에서 나카타 씨가 찾는 사진 속 고마와 같이 벼룩 퇴치용 목걸이를 찬 어리고 귀여운 얼룩 고양이를 몇 번인가 본 적이 있었다. 고마로 추정되는 고양이가 집에 돌아가는 길을 잃어버린 세상 물정 모르는 집고양이라는 것은 누가 보더라도 단번에 알 법한 모양새였다고 한다.

미미는 "그 근처 공터에 고양이가 모여들기 시작하고 얼마 뒤부터"라면서 뒤숭숭한 정보를 나카타 씨에게 전했다.

"고양이를 잡으러 다니는 나쁜 인간이 거기에 출몰하기 시작했다는 거예요. 다른 고양이들은 그 인간이 고마를 데려간 게 아닐까 추측하고 있는 것 같아요. 그 남자는 맛있는 것을 미끼 삼아 고양이를 잡아 큰 자루에 집어넣는다나 봐요. 잡는 방법이 하도 교묘해서 세상 물정 모르는 굶주린 고양이는 쉽게 덫에 걸려버린대요. 경계심이 강한 이 부근의 길고양이들조차도 지금까지 여러 마리가 그 남자한테 잡혀갔대요. 끔찍한 일이에요. 고양이에게 자루에 담겨 잡혀가는 일만큼 비참한 일은 없거든요."

나카타 씨의 대답은 『1973년의 핀볼』에서 손이 납작하게 뭉개진 고양이의 이야기를 제이에게서 들은 쥐의 그것과 꼭 같다.

"고양이를 붙잡아서 무엇을 하는 걸까요?"

미미도 제이의 대사를 반복한다.

"…… 그저 고양이를 괴롭히고 싶은 변태 같은 사람도 있어요. 예를 들어 고양이를 잡아서 가위로 꼬리를 자르거나 한답니다."

"네에?"라고 나카타 씨가 대답하는데, 이 또한 쥐의 대사라고 생각해도 이상할 게 없다.

"꼬리를 잘라 무엇하게요?"

"아무것도 하지 않아요. 그냥 고양이에게 고통을 주고 못살게 구는 거예요. 그렇게 해서 즐거운 기분이 되는 거지요. 이렇게 비뚤어진 마음을 가진 사람들이 이 세상에는 버젓이 살고 있지요."

미미는 이어 고양이를 둘러싼 위험한 상황에 대해서도 말한다.

"고양이의 인생이 그렇게 목가적인 것은 아니에요. 고양이는 무력하고 상처 입기 쉬운 약한 동물입니다. 거북이처럼 등딱지도 없고 새처럼 날개가 있는 것도 아니지요. 두더지처럼 땅속으로 들어갈 수도 없고 카멜레온처럼 피부색을 바꿀 수도 없어요. 얼마나 많은 고양이가 매일 고통을 받다가 허무하게 이 세상을 떠나는지 세상 사람들은 모릅니다. ……"

계속되는 미미의 말은 『태엽 감는 새』에 자주 등장하는, 하루키의 라이트모티프라고 해도 좋을 경고다.

"나카타 씨, 이곳은 굉장히 폭력적인 세계입니다. 누구도 폭력에서 벗어날 수 없어요. 부디 그 사실을 잊지 마세요. 아무리 조심해도 지나치다고 할 수 없지요. 고양이에게도 인간에게도 말이에요."

여기서 주목할 것은 무라카미 세계가 일방적으로 "무력하고 상처 입기 쉬운 약한" 생명체들로만 성립되진 않았다는 점이다. 하루키 소설에는 보들레르의 시「자신을 벌하는 사람」에 나타나는 '상처이자 칼' '희생자이자 가해자'와 같은 두 얼굴이 있다. 아니, 하루키 소설에 있다기보다는 소설의 중심에 위치하는 블랙홀 같은 존재인 '나'에게 그 두 얼굴이 있다.

어쩌면 무라카미 하루키에게도…….

그리고 고양이에게도…….

미미가 해준 고양이 학대 이야기 속에 그 증거가 있다.

"…… 글쎄요, 과학 실험용으로 많은 고양이를 쓰는 사람도 있어요. 이 세상에는 고양이를 사용하는 여러 가지 과학 실험이 있으니까요. 내 친구 중에도 도쿄대학에서 심리학 실험에 사용된 고양이가 있어요. 이게 또 엄청난 이야긴데요, 시작하면 너무 길어지니 그만두죠. ……"

『바람의 노래를 들어라』의 '나(하루키에 가장 가까운 인물)'가 여자친구에게 해준 고양이 실험 이야기를 떠올려보자. '나'는(혹은 하루키는) 괄호 속에서 이렇게 말한다.

(물론 죽이거나 하지는 않는다고 거짓말을 했다. 주로 심리적인 실험이라고. 그러나 사실 나는 두 달 동안 36마리의 크고 작은 고양이를 죽였다)

미미가 "시작하면 너무 길어지니"라고 말한 것은 『바람의 노래를 들어라』의 '나'가 고양이를 죽인 이야기를 말하사니 귀찮다고 한 것과 같은 의미일 터이다.

『해변의 카프카』는 한결같이 피해자 고양이들의 수난에 관한 이야기인데, 그 이야기 뒤에는 36마리의 크고 작은 고양이를 죽이고 "주로 심리적인 실험이라고" 거짓말을 한 가해자가 있다.

"이게 또 엄청난 이야긴데요, 시작하면 너무 길어지니 그만두죠".

가해자 계보에는 포의 『검은 고양이』에서 우울증 증세를 보이는 '나'나, 가지이의 『애무』에 등장하는 나태한 '나', 거기에 미시마의 『오후의 예항』의 꿈꾸는 소년과 그밖에 많은 애묘가들이 포함된다는 사실을 잊어선 안 된다.

하루키 작품의 '나'도 가해자의 계보에 들어가는 것일까.

제 5 장

"나는 뭐니 뭐니 해도
샴 고양이가 좋아"

당연한 말이지만, 고양이에게도 물론 각각 성격이 있어서 한 마리 한 마리 생각하는 방식이 다르고 행동 양식도 다르다. 지금 기르고 있는 샴 고양이는 내가 손을 잡아주지 않으면 새끼를 못 낳는, 실로 특이한 성격을 가진 고양이다. 이 고양이는 진통이 시작되면 바로 '영차' 하는 느낌으로 내 무릎 위로 뛰어올라서 의자에 늘어진 자세로 주저앉는다. 내가 양손을 꼭 잡아주면 이윽고 한 마리, 또 한 마리 새끼 고양이가 태어나는 것이다. 고양이의 출산을 지켜보는 일은 정말이지 흥미롭다.

무라카미 하루키, 『무라카미 아사히도의 역습村上朝日堂の逆襲』, 아사히신문사, 1986.

🐾 딱딱하게 굳은 '죽음의 덩어리'

미미가 전하는 칠칠치 못한 얼뜨기 고양이 가와무라 씨의 이야기에 따르면, 고양이를 잡아 자루에 넣는 나쁜 사람은 "키가 크고, 길쭉한 모양의 괴상한 모자를 쓰고, 가죽 장화를 신고 있다"고 소개된다. "그 남자는 위험해요. 매우 위험해요".

머지않아 등장하는 이 남자가 스스로 칭하듯 "이콘[16]만큼이나 유명한" 인물인 조니 워커다.

그런데 왜 이 소설에서 나카타 씨와 극과 극에 위치한 악의 화신과 같은 인물이 조니 워커여야만 했을까.

생각해보면 고양이 살인자가 반드시 조니 워커가 아니어도 좋을

---

16 Icon. 기도를 목적으로 예수 그리스도나 성인 성녀 형상이나 천사의 모습을 표현한 그림.

뻔했다. 누구라도 금방 떠올릴 수 있는 "이콘만큼이나 유명"하고 익숙한 존재라면 충분했을 터이다.

그 남자가 사랑스러운 존재라는 사실은 그가 "내 이름은 알고 있겠지?"라고 나카타 씨에게 물었는데 나카타 씨가 "아니오, 모릅니다"라고 대답하자

남자는 약간 실망한 것 같았다.
"모른다고?"
"네. 미리 말씀드리지 못했습니다만, 나카타는 머리가 그다지 좋지 않습니다."
"이 모습을 본 적이 없단 말이지?"라고 말한 남자는 의자에서 일어나더니 옆으로 서서 다리를 구부리고 걷는 시늉을 했다. "이래도?"

라며 조니 워커의 걸음걸이를 흉내 내는, 유명세에 중독되어 있긴 한데 어딘가 미워할 수 없는 친절한 서비스 정신에서 엿보인다. 이는 하루키 소설 속의 악의 존재가 다른 면과―때로는 주인공조차도, 즉 선조차도― 교환 가능한 존재임을 의미한다.

"여기는 폭력적이고 혼란스러운 세계예요"라고 하는 『태엽 감는 새』의 가노 마루타의 말에 귀를 기울여보자. "그리고 그 세계 안쪽에

는 더욱 폭력적이고 더욱 혼란스러운 장소가 있어요".

하루키 소설의 악 혹은 폭력은 소용돌이 모양의 미궁이다. 악 속에 한층 더 나쁜 악이, 폭력 속에 한층 더 폭력적인 폭력이 숨어 있다.

이때 선과 악은 단순한 대립의 구조를 이루지 않는다. 선의 세계에 악이 꿰뚫고 들어가기도 하고 악의 세계가 선으로 굴절되기도 한다.

『태엽 감는 새』의 서두에서 고양이 노보루를 찾아서 빈 터로 간 '나' 앞에 나타난 불가사의한 소녀 가사하라 메이의 말을 들어보자.

그전에 '와타야 노보루'라는 고양이 이름이 소설 속에서 악의 화신인 아내의 오빠 이름이라는 점을 상기해야 한다.

가사하라 메이는 느닷없이 "사람이 죽는다는 건, 아주 멋진 일이죠"하고 말을 꺼낸다.

"그런 걸 칼로 째서 열어보고 싶단 생각이 들어요. 시체가 아니라 죽음의 덩어리 같은 것을요. 그런 게 어딘가에 있다는 느낌이 들어요. 소프트 볼처럼 무디고 부드럽게 신경이 마비되어 있을 거예요. 그걸 죽은 사람 몸속에서 꺼내 째서 열어보고 싶어요. 항상 궁금해요. 그 속에 뭐가 들어있을지가요. 딱 치약이 튜브 속에서 엉겨 붙은 것처럼, 뭔가 속에서 딱딱해진 것이지 않을까요. …… 마지막에는 작은 알맹이처럼 되겠지요. 볼 베어링 속에 들어 있는 쇠구슬처럼 작고 굉장히 딱딱하게요. 그런 생각 안 들어요?"

여기서 "무디고" "마비되어 있"다고 한 부분이 중요하다.

하루키 소설의 아 혹은 폭력이 극에 달한 부분, 그야밀로 "볼 베어링 속에 들어 있는 쇠구슬처럼" "굉장히 딱딱"한 "작은 알맹이"의 막다른 그곳─선악의 피안이라 할 만한 곳─은 무감각 상태로 "무디고" "마비되어 있"는 곳이다.

그 증거로 악인의 상징이라 할 만한 고양이 살인자인 조니 워커가 온갖 잔혹한 방법으로 고양이를 죽이고 나서 나카타 씨에게 자신을 죽여달라고 부추길 때

"주저하지 말고, 편견을 갖고 단호히 죽이는 거다."

라고 말하고, 『해변의 카프카』 마지막 부분에서 검은 고양이 도로─말할 것도 없이 고양이인 이상 선에 속하는─도 호시노 청년에게

"압도적인 편견을 갖고 완전히 말살하는 거다."

라는 표현을 써 조언한다.

악인과 선인이 똑같은 말을 한다. 선악이 뒤집혀 구분하기 어려워진다. 거기서 딱딱하게 굳은 "죽음의 덩어리 같은 것"이 발견된다.

조니 워커가 고양이들을 학살하는 장면 또한 어딘지 무감각하게 "무디고" "마비되어 있"는 분위기가 떠도는 모양새라는 점에 주목하길 바란다.

🐾 악몽과 미궁 속 고양이

고양이 찾기 달인인 나카타 씨 앞에 개 한 마리가 모습을 드러낸다. 이 개는 어디로 보나 고양이와 정반대인 존재다.

> 개는 풀숲 사이에서 갑자기 나타났다. 느릿느릿 소리도 없이 그 앞에 나타났다. 거대한 검은 개였다. 나카타 씨가 앉아 있는 위치에서 올려다보면, 개보다는 차라리 송아지처럼 보였다. 다리가 길고 털이 짧고, 강철 같은 근육이 불뚝 솟아올라 있었다. 귀가 칼날 끝처럼 날카롭게 뾰족하고 목줄은 채워져 있지 않았다. 나카타 씨는 개 종류를 잘 모른다. 하지만 그 개가 사나운—적어도 필요에 따라 사나워질 수 있는— 성격을 지닌 개라는 것은 한눈에 알 수 있었다. 군용견 같은 개다.

눈초리는 날카롭고 무표정하며 입가의 살이 축 늘어지고, 예리한 흰 어금니가 보인다. 이빨에는 붉은 핏자국이 있다. 자세히 보니 입가에 미끈거리는 살점 같은 것이 달라붙어 있다. 새빨간 혀가 이빨 사이로 불꽃처럼 힐끔 보인다. ……

개는 나카타 씨에게 '일어나서 따라오라'는 메시지를 보내고 어느 저택으로 안내한다. 저택에서 검은 실크 모자를 쓴 키 큰 남자, 말하지 않아도 다 아는 조니 워커가 냉장고 안에 진열된 고양이 머리를 보여준다.

그것은 고양이 머리였다. 색과 크기가 다른 몇 개의 잘린 고양이 머리가 과일 칸에 진열된 오렌지처럼 냉장고 세 칸에 걸쳐 죽 늘어져 있었다. 어느 고양이든지 똑바로 정면을 본 상태로 꽁꽁 얼어 있었다. 나카타 씨는 놀라서 숨을 멈췄다.

여기서도 『태엽 감는 새』의 가사하라 메이가 언급한 딱딱하게 굳은 "죽음의 덩어리 같은 것"이 나오지 않는가.

고양이 머리만 이런 식으로 진열되어 있으면, 설령 그것이 죽은 고양이 머리가 아닐지라도 이상한 기분이 들 법하다.

이 대목에서 하기와라의 단편 「고양이 마을」이 떠오른다. 주인공 '나'가 미로 속에서 길을 잃고 고양이만 사는 마을에 들어갔다고 하는, 그냥 그게 다인 이야기다.

클라이맥스 부분을 보자.

나는 꿈속에서 꿈이라는 걸 인식하고 필사적으로 발버둥 치며 눈을 뜨려 애썼고, 무서운 예감에 초조해했다. 하늘은 투명하고 파랗게 맑았고, 충전된 공기의 밀도는 시시각각 높아져만 갔다. 건물은 불안하게 뒤틀려 있었고, 병이 난 것처럼 여위고 수척했다. 곳곳에 탑 같은 것들이 보이기 시작했다. 지붕이 이상하게 홀쭉해 병든 닭 다리처럼 뼈만 앙상한 기형으로 보였다.

"지금이다!"

공포에 벌떡이는 가슴을 안고, 내가 있는 힘껏 소리를 지르자 어느 작은 검은 쥐 같은 동물이 길 한가운데로 뛰어갔다. 실로 그 광경이 내 눈에 또렷이 들어왔다. 거기서 어떤 이상하고 돌발적인, 전체의 조화를 깨는 듯한 인상을 받았다.

순간 모든 게 갑자기 정지되고 끝을 알 수 없는 침묵이 가로질렀다. 무슨 일인지 알 수 없었다. 그런데 그다음에 누구도 상상할 수 없는 괴이하고 무서운 이변이 일어났다. 거리를 가득 채운 고양이 대집단이 우글우글 걷고 있는 것이었다. 고양이, 고양이, 고양이, 고양이, 고양이, 고양이, 고양이. 어디를 봐도 고양이뿐이었다. 그리고 집마다 창문에서 액자 속 그림 같은 수염 난 고양이 얼굴이 둥실 떠올랐다.

아무리 고양이를 좋아하는 사람일지라도 이처럼 섬뜩한 '고양이 마을'에서 길을 잃고 싶다고 생각하지는 않을 것이다.

그야말로 악몽 같은 세계이기는 한데, 한편으로 이런 곳이 있다면 방문해서 무서운 장면을 직접 보고 싶은 생각이 들기도 한다.

고양이라는 생명체는 무섭기도 하고 사랑스럽기도 한 두 얼굴을 가졌는데, 이런 점에 우리는 겁을 내기도 하고 이끌리기도 한다. 마치 운명의 여인Femme fatale이라 불리는 여성이 남성에게 끼치는 두려움과 매혹의 감정과 닮았다.

🐾 미미의 따뜻하고 귀여운 심장

"유명한 고양이 살인자 조니 워커"라 불리는 남자는 나카타 씨에게 냉장고 속에 진열되어 있는 고양이 머리를 보여주는 것으로 그치지 않는다.

…… 의자에서 일어나 책장 뒤에서 커다란 가죽 가방을 꺼내 들었다. 그리고 그 가방을 조금 전까지 자신이 앉아 있던 의자 위에 올려놓고, 즐거운 듯이 휘파람을 불면서 뚜껑을 열어 마치 마술이라

도 시작하듯이 가방 안에서 고양이 한 마리를 꺼냈다. 본 적이 없는 고양이였다. 잿빛 줄무늬가 있는 수고양이였다. 고양이는 축 늘어져 있었으나 눈은 뜨고 있었다. 아무래도 의식은 있는 것 같았다. 조니 워커는 계속 휘파람을 불면서 방금 잡은 물고기를 사람들에게 보이듯이 두 손으로 그 고양이를 안아 앞으로 내밀었다. 그가 휘파람으로 불고 있는 곡은 디즈니 만화 영화 〈백설 공주〉 속 일곱 난쟁이가 부르는 '하이호!'였다.

조니 워커 차림새로 〈백설 공주〉의 일곱 난쟁이가 노래하는 '하이호!'를 휘파람으로 부는 남자의 외모나 행동이 이콘적인 유명세와 친숙함을 지닌 만큼, 그가 집행하는 고양이 살인의 잔학함이 한층 더 강렬한 인상을 남긴다.

조니 워커는 눈을 가늘게 뜨고 고양이 머리를 잠시 다정하게 쓰다듬었다. 그리고 집게손가락 끝을 고양이의 부드러운 배 위에 올렸다 내렸다 했다. 그러고 나서 오른손에 메스를 들고, 아무런 예고도 없이 주저하지 않고 어린 수고양이 배를 일직선으로 갈랐다. 순식간에 벌어진 일이었다. 배가 빠끔히 세로로 갈라지고, 안에서 시뻘건 내장이 쏟아지듯이 튀어나왔다. 고양이는 입을 벌리고 비명을 지르려고 했지만 목소리가 거의 나오지 않았다. 혀가 마비되어 있을 것이다. 입도 제대로 벌릴 수 없는 것 같았다. 그러나 그 눈은 의심할 여지도 없이 극심한 고통으로 일그러져 있었다. 그 고통이 얼마나 격렬할지 나카타 씨도 상상할 수 있었다. 그러고 나서 문득 생각난 듯이 왈칵 피가 쏟아졌다. 그 피가 조니 워커의 손을 적시고 조끼에 튀었다. 하지만 조니 워커는 피 따위에는 조금도 신경 쓰지 않았다. 그는 휘파람으로 '하이호!'를 불면서 고양이 몸에 손을 집어넣고 소형 메스로 능숙하게 심장을 잘라냈다. 조그마한 심장이었다. 아직도 맥이 뛰고 있는 것처럼 보였다. 그는 피투성이의 작은 심장을 손바닥에 놓고 나카타 씨 앞으로 내밀었다.

"자아, 이것이 심장이다. 아직 움직이고 있어. 잘 보라고."

여기까지 읽으면 왜 나카타 씨가 고양이의 비극을 지켜봐야 하는지 이해할 수 있다.

조니 워커가 친숙한 외양을 가진 순도 높은 악의 화신이라면, 고양이를 살해하는 그의 악행을 지켜봐야 하는 것은 순도 높은 선인善人이어야만 한다.

만약 『해변의 카프카』의 또 다른 주인공인 카프카였다면, 그가 다른 많은 장편의 주인공 '나'의 계보를 이을 인물이라는 점을 고려해볼 때 단순히 선인이 아닌, 고양이 살인자 조니 워커와도 통하는 악을 마음속에 숨기고 있는 인물일 것이다. 그런 인물이라면 이처럼 극악무도한 광경을 보더라도 나카타 씨와 같은 올곧은 노여움을 느끼지는 못했을 것이다.

어쩌면 지나친 쿨함일지도 모르겠다. 당연히 그렇게 쿨한 인물과 시점을 공유하는 독자인 우리들 또한 단순한 노여움에 사로잡힐 일은 없다.

이 장면에서는 아무래도 『백치』[17]의 미슈킨 공작처럼 순수한 나카타 씨가 지켜볼 필요가 있었다. 나카타 씨의 순진한 마음을 이래도, '이래도?' 하며 괴롭히지 않으면 안 되었다.

조니 워커는 그 '심장'을 잠시 나카타 씨에게 보이고는 당연한 듯 그대로 입안으로 던져넣었다. 그리고 우물우물 입을 움직였다. 아무 말도 하지 않은 채 천천히 음미하며 시간을 들여 꼭꼭 씹었다. 그의 눈에는 막 구운 과자를 먹고 있는 아이와 같은 순수하고, 가장 행복한 순간의 표정이 감돌았다. 그러고 나서 입가에 묻은 끈적끈적한 피를 손등으로 닦아냈다. 혀끝으로 입술을 꼼꼼히 핥았다.

"따뜻하고 신선하군. 입안에서 아직도 움직이고 있어."

"막 구운 과자를 먹고 있는 아이와 같은"이라는 표현을 찬찬히 음미해보고 싶다. 나카타 씨가 아니더라도 내가 "나 자신이 아닌 것 같은 분노"에 휩싸일 것만 같다.

이런 식으로 조니 워커는 나카타 씨가 본 적 없는 고양이를 먼저 참혹하게 죽인다. 그러나 이것은 리허설에 불과한 것이었다.

본방송은 지금부터다. 나카타 씨가 아는 고양이가 등장한다(물론

---

17 도스토옙스키(1928~1881)의 장편 소설.

독자인 우리도 알고 있다는 의미다).

본 적 없는 고양이가 이렇게 당했으니 친숙한 고양이가 나오면 그 공포가 어떨까…….

조니 워커는 '하이호!'를 부르며 다음 고양이를 꺼냈다. "나카타 씨는 의자 깊숙이 몸을 파묻고 눈을 떠 그 고양이를 보았다. 그것은 가와무라 씨였다. 가와무라 씨는 나카타 씨를 사반히 쳐다봤다. 나카타 씨도 그 눈을 보고 있었다……".

독자와 일면식이 있는 가와무라 씨 차례가 되면 잘 아는 고양이기에 눈으로 호소하는 고통과 공포가 한층 더 가깝게 전해져온다.

나카타 씨의 공포심과 연민도 이미 극한에 다다랐다.

그리고 조니 워커는 그야말로 주저하지 않고 가와무라 씨의 배를 갈랐다. 가와무라 씨의 비명이 분명하게 들렸다. 혀가 충분히 마비되지 않았던 모양이다. 아니면 그것은 나카타 씨의 귀에만 들리는 특별한 비명이었는지도 모른다. 신경이 얼어붙을 것 같은 처절한 비명이었다. 나카타 씨는 눈을 감고 두 손으로 머리를 감쌌다. 손이 부들부들 떨리는 것을 느낄 수 있었다.

이런 나카타 씨 앞에서 조니 워커는 보란 듯이 가와무라 씨의 심장도 먹는다. "부드럽고 따뜻한 것이 마치 갓 잡은 장어의 간 같군"

이라고 태연히 말하며.

그러나 여기까지도 아직 서막에 지나지 않는다. 공포의 클라이맥스를 고조시키기 위한 예고에 지나지 않는다. 조니 워커는—저자 하루키처럼— 점차 공포심을 고조시켜 우리들의 마음을 얼어붙게 했을 때의 효과를 잘 알고 있다.

여기까지 『해변의 카프카』를 읽은 독자는 이미 미미의 등장을 불안하게 예감하고 있을 터이다. 미미만은 나오지 않기를 기도하는 마음으로.

"다음은 샴 고양이다."

조니 워커가 독자들의 마음에 대답하기라도 하듯 말한다.
가방 속에서 녹초가 된 샴 고양이를 꺼내어

"'내 이름은 미미'로군. 푸치니의 오페라지. 확실히 이 고양이한테는 그런 우아하고 요염한 분위기가 느껴지지. …… 그렇지만 말이야, 나카타 씨. 미미를 잡는 건 꽤 힘들었다고. 워낙 날쌔고 신중한 데다 머리 회전이 빨라서 말이야. 웬만해선 걸려들지 않더라니까. 그야말로 난물難物 중의 난물이었어. 하지만 고명한 희대의 고양이 살인자 조니 워커님의 손아귀를 벗어날 수 있는 고양이는 아무리 세상이 넓다 해도 있을 수 없지. …… 자, 이쯤에서 브왈라![18] 아시

다시피 샴 고양이 미미 되시겠습니다! 나는 누가 뭐래도 샴 고양이를 좋아하지. 아마 자네는 모를 테지만 심장으로 말하자면 샴 고양이 심장이 일품이거든. 맛에 기품 같은 게 있어. 송로버섯처럼 말이야. 괜찮아 미미. 걱정할 거 없어. 네 따뜻하고 귀여운 심장은 이 조니 워키넘이 제대로 음미하면서 먹어줄 테니까."

이어서 다음과 같은 한마디로 나카타 씨의 심장에 못을 박는다.

"음, 심장이 꽤나 고동치고 있군."

고동치고 있을 미미의 심장을 먹는다……. 이제 그만하라고 소리치고 싶어진다.

독자의 마음을 대변하는 나카타 씨의 말은 하루키의 모든 장편을 관통하는 테마일 뿐만 아니라 고양이라는 생명체 본연의 상태를 한마디로 요약한다.

"제발 부탁입니다. 이런 짓은 이제 그만하세요. 더 하면 나카타는 머리가 돌아버릴 것 같습니다. 나카타는 이미 나카타가 아닌 것 같은 느낌이 듭니다."

조니 워커도 말하듯이 "인간이 인간이지 않게 되는" 일은 실로

---

18 Voilà. 프랑스어로 '여기 있습니다'라는 뜻.

큰일이다.

그런데 이처럼 "인간이 인간이지 않게 되는" 즉 혼이 육체에서 비슬비슬 빠져나가는 것은 고양이라는 생명체에 걸맞은 말이 아니었던가. 고양이도 똑같이 '고양이가 고양이이지 않게 된다'. 즉 '둔갑한다'는 게 특성이지 않았는가.

하루키 소설에서는 이처럼 어떤 감정이 끓는점에 다다라서 "인간이 인간이지 않게 되는" 일이 벌어진다. 그것이 『해변의 카프카』에서는 고양이를 덮친 공포스러운 살육과 함께 나카타 씨에게 발생한 것이다.

제6장

고래의 페니스, 아내의 슬립,
전화, 그리고 고양이

많은 고양이와 여자 친구(고양이만큼 많았다고 할 수는 없겠지만)의 기억
만을 남기고 시간은 조용히, 그리고 쉬지 않고 황망히 사라져갔다.

무라카미 하루키, 『소용돌이 고양이의 발견법うずまき猫のみつけかた』, 신초샤,
1996.

고양이가 없어진 곳에서
시작하는 무라카미 세계

고양이 주변에 까닭 없는 폭력이 맴돌고 있다고 해서 연약하고 힘없
는 고양이를 집에만 두는 것은 올바른 고양이 양육 방식이 아니다.

집 밖으로 나오지 않는 고양이는(그레이가 그렇다. 그녀는 화장실처럼
꼭 필요한 경우가 아니면 외출하지 않는다) 표정이 빈곤하고 재미없는 고양
이가 되어버린다. 바깥을 좋아하는 양의 얼굴은 밖에서 단련하고 연
마해서 애교가 많다. 양의 애교 많은 서비스 정신도 바깥세상에서
살아가기 위한 편법일 터이다.

바깥에 자주 나가는 고양이는 그만큼 위험에 노출되어 없어질 확률도 높으므로, 집에 있어 주z는 것에 대해 고마움을 느끼게 되는 걸지도 모르겠다('집에 있어 주는'의 '주'와 '는' 사이에 z가 잘못 끼어든 것은 아까 내 컴퓨터 키보드 위를 지나간 양의 작품이다).

밤에 컴퓨터 자판을 두드리고 있는 내 등 뒤에서 새근새근 잠든 양의 존재에 기적처럼 찾아온 순간의 평온함을 온전히 느낀다.

먼저 그레이를 변호하자면, 그녀가 집 밖으로 나가지 않는 데는 다 이유가 있다.

가족 모두 3주 정도 외국 여행을 갔을 때의 일이다. 아무래도 우리 집 고양이 모두를 동물 병원에 맡기는 것은 가여운 마음이 들어서(이전에 열흘 정도 병원에 맡겼다가 비쩍 말라버린 고양이가 있었다) 고민 끝에 하치오지에 사는 처형 부부 집에 맡기기로 했다. 그런데 귀국하고 나서 고양이들을 넣어놓은 방 지붕에 낸 창문으로 세 마리 모두 도망갔다는 사실을 알게 됐다.

양과 그레이는 바구니에 먹이를 집어넣고 유인했더니 간단히 잡을 수 있었다. 아들이 귀여워하던 소마만 행방불명인 채였다.

처형 부부는 우리 집 외아들이 총애하던 소마가 없어진 게 큰일이라 여기고는 그레이를 미끼로 소마를 잡아들이려고 했다. 그레이를 집 밖에 내놓은 것이다. 이 작전은 감쪽같이 성공해서 결국 소마를 잡았지만, 이번에는 그레이가 돌아오지 않았다.

2주가 지나도 돌아오지 않았다.

아무리 그래도 그레이가 불쌍하다는 생각이 들었다.

아내가 그레이를 찾으러 하치오지에 가서 아침부터 밤까지 열시간 정도 "그레이, 그레이" 부르며 집 근처 여기저기를 돌아다녔는데, 어느 순간 다른 집 정원에서 그레이가 "냥, 냥"하고 비명 같은 소리를 지르며 아내 등에 달려들었다고 한다.

2주 동안이나 모르는 동네에서 혼자서 떠돌며, 그늘진 곳에서 웅크리고 아내가 와주기만을 기다리던 그레이는 얼마나 불안했을까. 그래도 그레이가 "더 안 좋은 일을 당할 수도 있었어요"라고 할 정도의 상황에 부딪쳤던 것은 아닌 듯했다.

밖에 나가는 것의 무서움을 안 그레이는 하치오지 사건이 트라우마가 되어 그 이후로는 집에서 거의 나가지 않는 고양이가 되어버렸다. 이 일에 대해 컴퓨터 자판을 두드리고 있으니까 득득 창문 할퀴는 소리를 내며 소마가 돌아왔다.

고양이는 언제 없어져도 이상할 것 없다는 분위기를 띠고 있다.

존재감이 희박하다. 희미한 그림자 같은 존재다. 있는지 없는지 알 수 없게 쓱 하고 나타났다가 쓱 하고 사라지는 덧없는 존재가 우리 생활에서 차지하는 중요성으로 말할 것 같으면, 이루 헤아릴 수 없다. 고양이라는 존재의 귀중함은 이 희박한 존재감에서 비롯되는 것일지도 모른다. 무상하게 스러질 것 같은 생명체이기에 더더욱 고양이가 소중할지도 모른다.

우리 집고양이 양은 좁고 갑갑한 공간에 틀어박혀 불안정한 자세로 자는 것을 좋아한다. 지금도 흘러내릴 듯한 자세로 자고 있다. 이렇게 위험한 자세를 좋아하는 데서도 고양이의 위태로움이나 무상함이 나타나는 것 같다.

도망가는 것을 쫓는 게 인간 세상의 상식인데, 고양이는 멀리 도망쳐가는 행위로 우리들의 관심을 끌려는 것일까.

고양이는 언제 없어져도 이상할 것이 없다고 생각되기에 더욱더 사랑스럽고도 사랑스러운 존재로 있을 수 있다.

하루키도 멀리 떠나가는 고양이에 매료된 적이 있는 게 분명하다. 고양이뿐만이 아니다. 하루키 소설의 세계에서는 많은 것이 사라진다.

그는 이렇게 썼다.

"가노 마루타에게서는 이미 오랫동안 연락이 없습니다"라고 나는 썼다. "그녀 역시 제 세계에서 완전히 모습을 감춘 것 같습니다. 사람들은 제가 속한 세상의 인연으로부터 한 사람, 또 한 사람씩 조용히 흘러넘쳐 사라져간다고 생각합니다. 모두 그쪽을 향해 쭉 걸어가서 돌연히 사라져버립니다. 아마 그 언저리 어딘가에 세상의 인연 같은 것이 있겠지요.……"

『태엽 감는 새』는 고양이가 없어진 장면부터 시작한다.

아내 구미코가 실업자인 '나'에게 전화를 걸어왔다. 대화 도중에 문뜩 생각난 듯(그런데 하루키 소설에서 중요한 화제는 대부분 이따금 언급된다는 특징이 있다. 이것은 고양이와 하루키를 잇는 "이따금 없어지다"라는 테마와 관련성이 있는 듯하다),

"근데 고양이는 돌아왔어?"

구미코가 느닷없이 물었다.

들고 보니 아침부터 고양이를 까맣게 잊고 있었다는 사실을 깨달았다. "아니, 아직 안 돌아왔어."

이처럼 고양이를 잊고 있다가 문뜩 떠올린다는 것 또한 고양이라는 존재의 간헐성이랄까, 나타났다가 사라지기를 반복하는 성격을 잘 일러주고 있다.

이는 하루키 소설에 등장하는 여자 친구나 아내, 고양이의 떠나기 쉬운 성격과 관련이 있다. 아니 그 이상으로 하루키 소설의 이야기가 이어졌다 끊어지기를 반복하면서 진행되는 여백 많은 서사 방식과 관련 있을 것이다.

"근처에 좀 찾아봐 줄래? 없어진 지 벌써 일주일도 넘었잖아."
니는 건성으로 대답하며 수화기를 왼손으로 바꿔 잡았다.
"아마 골목 안쪽에 있는 빈집 정원에 있을 거야. 새 모양의 석상이 있는 정원이야. 거기서 몇 번이고 찾은 적이 있으니까 말이야."
"골목?"이라고 나는 말했다. "근데 당신은 언제 골목 같은 데에 간 거야? 그런 얘기 지금까지 한 번도."
"저기 있잖아, 미안한데 전화 끊을게. 슬슬 일하러 가야 해. 고양이 좀 부탁해."
그리고 전화가 끊겼다.

전형적인 하루키 작품의 풍경이다.

흔한 일상생활. 그러나 무엇인가 평온무사한 일상을 위협하는 그림자가 느껴진다.

전조, 혹은 낌새의 공간. 무엇인가 시작하려고 한다. 그런 예감 속에서 팽팽한 긴장감이 흐른다.

하루키 소설의 서두에서 느껴지는 나태와 긴장의 적정한 블렌딩이 그의 작품을 읽는―미스터리를 읽는 듯한― 최고의 쾌락을 낳는다. 하루키 소설의 정수가 펼쳐질지도 모른다.

그러고 보니 뭔가에 위협받고 있는 평온도 고양이가 몸에 두르고 있는 위태로움과 맞닿은 부분이 있다.

고양이에게는 언제든지 위험에 처할 수 있다는 위태로움이 있다.

색색 자고 있는 고양이 주변을 휘감는 공포와 폭력. 이것이 『태엽 감는 새』의 세계다.

고양이의 평온과 평화에는 어딘지 기적에 가까운 감사함이 있다.

우리 집도 언제나 조용하고 평안한 것만은 아니어서, 나와 아내는 이따금 말다툼하기도 한다. 그럴 때조차 아무 거리낌 없이 자는 양이나 소마, 그레이를 보면 자연히 웃음이 나고 온화한 기분이 든다.

일촉즉발의 긴장감이 감돌 때도 고양이 이야기가 끼어들면 스르륵 긴장이 풀린다.

고양이 주변에 사나운 폭풍이 불고 있다. 험악한 공기가 떠돌고 있다. 이런 냉전 상태에서도 문득 고양이 손을 잡아당겨 부드러운 몸을 쓰다듬는 것만으로도 우리 둘 사이에는 따뜻한 바람이 통한다.

고양이라는 생명체는 참으로 고마운 존재다.

고양이는 우리 집에 평화를 가져다주는 천사다.

사이가 나쁜 부부도 자식 때문에 살게 된다고 하는데, 우리 집은 고양이 때문에 그렇다.

둘 다 애묘가여서 참 다행이다.

『태엽 감는 새』의 사라진 고양이와 아내 구미코는 동격이라고도 말할 수 있다. 어떤 의미로는 고양이가 없어져서 구미코가 집을 나간 것이다. 연대기적 전후 관계로 이야기를 따져보면 그렇게 된다. 먼저 고양이가 없어지고 나서 아내가 사라졌다는 식으로.

고양이를 찾은 '나', 즉 오카다는 얼마 지나지 않아 아내도 찾게 된다. 그런 예감이 든다.

이 소설의 서두에서는—여느 때와 마찬가지로 하루키 소설의 첫머리는 훌륭하지만— 아내가 실종되기 전의 전조적 상황이 묘사되고, 모든 것이 숨을 죽이고 그녀의 실종으로 수렴되어가는 듯이 보인다.

"숨을 죽이고"라는 말에 어폐가 있을지도 모르겠다.

오카다는 멍하니 있다. 그에게서는 어떠한 긴장감도 발견할 수 없다.

그는 빈틈투성이 인간이다. 마치 고양이처럼.

하지만 고양이의 빈틈, 혹은 하루키 소설의 '나'의 빈틈은 일반적으로 말하는 '방심'이나 '멍함'과는 다르다. 의식을 곤두세운 긴장이 아니다. 오히려 의식을 놓고, 완전히 수동적인 상태의 긴장이라고 하면 좋을까. 그것은 역시 잠든 고양이가 몸에 휘감고 있는 위태로

움을 생각해보면 쉽게 알 수 있다.

🐾 '예언자' 고양이

잠든 고양이의 주의력은 느슨하다. 방심하고 꾸벅꾸벅 존다. 하지만 조금이라도 이상한 낌새가 있으면 즉각 반응한다.

수염 난 부분에 특수한 안테나를 둘러치고 있는 것 같다. 빈틈투성이 안테나 말이다. 고양이 안테나는 빈틈투성이라서 느낄 수 없는 것을 감지한다. 무당 같은 예지력이 있다.

구미코는 남편의 이 빈틈으로부터 도망갔다고도 말할 수 있다.

하루키 소설의 긴박감은 인물의 의식이 만들어내는 긴박감이 아니다. 그것은 '사라져간다'는 사건 자체가 만들어내는 긴박감이다. 주관이 아니라 객관적 세계의 긴박감이라도 해도 좋다. 아내의 실종이라는 사건이 작품의 중심을 차지한 것도 우연이라는 인상이 남는다.

중요한 것은 저자가 소멸해가는 무언가에 보내는 시선이다. 이와 관련해서 『빵가게 재습격』 수록된 단편 「코끼리의 소멸」에서 동물원 코끼리가 점차 작아지며 소멸해가는 과정에 보내는 '나'의 시선이 떠오른다.

그것은 신기한 광경이었다. 통풍기를 통해 안을 들여다보니 마치 코끼리 우리 안에만 선뜩한 촉감의 다른 시간성이 흐르고 있는 듯한 느낌이 들었다. 그리고 코끼리와 사육사 자신들도 말려들 참이었다―혹은 이미 일부분 말려들었다―. 그 새로운 체계가 마음에 들어서 거기에 몸을 맡기고 있는 것처럼 보였다.

다시 말해 코끼리든 고양이든 아내이든지 간에 소멸하는 순간을 목격할 수 없다는 말이다.

지각은 언제나 소멸이라는 사건에 뒤쳐져 있다. 그것은 소멸의 뒤를 좇는 일 말고는 할 수 있는 게 없다.

깨달았을 때에는 이미 없어져 버리고 난 후다.

하루키는 지각하고 난 뒤로 구성된 시간을 "선뜩한 촉감의 다른 시간성"이라고 표현했다. 그것은 사라져가는 것이 남긴 "선뜩한" 감촉이다.

소멸이 특기인 고양이는 이 "선뜩한" 감촉으로 이루어진 생명체라고도 할 수 있다.

도망간 여자가 남긴 것도 이 같은 "선뜩한" 감촉이다.

『양을 쫓는 모험』에서 '나'와 여자 친구가 한 통의 전화를 받는 장면에서 무당 혹은 고양이의 감수感受능력이 역력하게 느껴진다.

이 장면에서 '나'가 떠올리는, 하루키 소설에서 떠나버린 아내의 슬립만큼이나 페티시적인 "선뜩한" 감촉을 상기시키는 것은 아무래도 없다.

이 대목은 『양을 쫓는 모험』의 시작을 알리는 중요한 부분이다. 여기서도 무라카미 세계의 가장 중요한 주제를 암시하는 섬세하고 면밀한 방식(고양이가 새나 쥐를 잡는 방식과 같은)에 주목해보자.

여름의 끝 무렵인 9월의 오후, 나는 휴가를 내고 침대 속에서 그녀의 머리카락을 만지작거리며 줄곧 고래의 페니스에 대해 생각하고 있었다.

이런 식으로 정경이 시작된다.
휴가를 내고 여자 친구의 머리카락을 만지작거리는 장면에서 주인공이 고양이처럼 인생을 보내는 방법이 단적으로 나타난다.
그가 고래의 페니스를 생각하고 있었다는 것도 주의 산만함이랄까 두서없음을 잘 보여주고 있다. 즉 '나'는 고양이적인 주의력을 가지고 세상만사를 받아들이고 있다.

바다는 짙은 납빛이었고, 거친 바람이 유리창을 두드리고 있었다. 천장이 높은 전시실 안에 나 이외의 인기척은 없었다. 고래의 페니스는 고래에게서 영원히 떨어져나왔기에 완전히 의미를 잃었다.

여기저기를 비트적거리며 떠도는 '나'의 의식은 어릴 적 수족관에서 봤던 고래의 거대한 페니스를 떠올리고 있다.

생각해보면 연인의 머리카락을 만지작거리며 고래의 페니스를 생각하는 주인공도 꽤 불쾌한데, 그의 의식의 흐름은 어떠한 맥락도 없고 무직위인 데다가 논리적 연결성 역시 매우 모자란다. 단편과 단편을 퍼즐처럼 맞춘, 어떤 의미로는 지리멸렬한 세계다. 그리고 이것이야말로 하루키 소설 주인공의 세계로, 고양이의 의식과 더없이 비슷하다.

잠든 고양이를 찬찬히 들여다보시라. 고래의 페니스 꿈이라도 꾸는 것 같지 않은가.

여기까지 컴퓨터 자판기를 두드린 나는 내 등 뒤에 있는 간이 침대에서 몸을 웅크리고 자는 양에게 시선을 던진다. 잠든 고양이의 머릿속에 커다란 고래의 페니스가 비친다.

다시 컴퓨터로 시선을 돌려 인용을 계속한다.

그 후 나는 아내의 슬립에 대해 다시 한번 생각해봤다. 하지만 이미 그녀가 슬립을 가지고 있었는지 어땠는지조차 생각나지 않았다. 슬립이 부엌 의자에 걸려 있는 어렴풋하고 실체 없는 풍경이 그의 머릿속 한구석에 달라붙어 있었다.

그러는 사이 여자 친구는 문뜩 생각난 듯이 이런 말을 뱉는다.

"있잖아, 10분 이내로 중요한 전화가 걸려올 거야."

고래의 페니스, 아내의 슬립 다음으로 전화가 있다.

이 기묘한 연결성의 묘미. 이것이 하루키 소설의 묘미다.

『양을 쫓는 모험』이든 『태엽 감는 새』든 어디서든 걸려오는 전화로 이야기가 시작된다는 것은 주목할 만한 지점이다. 이는 하루키 소설이 우연이라는 메커니즘에 따라 구성되었음을 방증한다.

전화라는 미디어는 특히나 우발적이다. 『양을 쫓는 모험』에서는 '나'의 여자 친구가 이 우발적인 전화를 예상하는 데서 이야기가 성립된다.

"전화?" 하고 나는 침대 옆에 놓인 검은 전화기를 바라봤다.

"응, 전화벨이 울릴 거야."

"전화가 올지 안다고?"

"응, 알아."

고래의 페니스라든지 아내의 슬립이라든지 임의적인 것들 사이를 헤매던 나의 의식이 여기서는 전화라는, 이 또한 더없이 우연성에 지배당하는 세계에서 헤매게 된다.

"양에 관한 거야." 그녀가 말했다. "많은 양과 한 마리의 양."

그리고 전화가 울린다.

회사 동료가 "당장 이리로 와줄래?"라고 물었다. 그렇게 말하는 목소리가 바르르 떨리고 있다. '나'나 여자 친구로 대표되는 흐릿한 미로와 같은 장소를 떠도는 고양이 족 인간과는 달리, 회사 동료는 이치를 따져 생각하는 집중형 인간임을 심작할 수 있다.

"진짜 중요한 얘기야."
"얼마나 중요한 얘긴데."
"와보면 알아."

여기서 '나'는 "말해서는 안 될" 것을 말해버린다.

"어차피 양에 관한 거잖아."

수화기가 "빙하처럼 차가워졌다"라고 서술했다. 회사 동료는 '나' 안의 다른 차원의 세계에서 사는 또 다른 나—고양이 족—를 탐지한 것이다.

그리하여 양을 찾는 모험이 시작됐다.

고양이처럼 쿨한 모험이라고 해도 좋았을 성싶다.

제 7 장

"마치 축 늘어진 새끼 고양이 몇 마리를 겹겹이 쌓아놓은 것 같다"

내가 그때 자려고 어렴풋이 눈을 감고 있으려니까 "글쎄 그런 말을 했다니까." 하는 작은 목소리가 귓전에 들려왔다. 나는 퍼뜩 눈을 떴다. 그리고 주변을 둘러보았다. 하지만 아무도 없었다. 고양이가 곁에서 깊이 잠들어 있을 뿐이었다.

무라카미 하루키, 『무라카미 아사히도는 어떻게 단련되었을까』, 아사히신분샤, 1997.

『고양이를 쫓는 모험』

하루키 소설의 주인공 '나'는 대체로 고양이와 같은 게으름뱅이여서 어지히 강요당하지 않는 이상 뭔가에 열중하는 법이 없다. 모든 일에 수동적이기 때문에 무엇을 해야 하는 상황에서도 한숨 쉬며 귀찮은 듯한 태도로 떠맡는다.

그렇더라도 남이 하라는 대로 하는 것은 아니다. 오히려 누군가의 명령에 따르길 싫어한다. 자기가 좋아하는 것밖에 하지 않는다. 무언가 강요받을 낌새가 느껴지면 거세게 저항한다.

그 강인한 저항은 마치 숨기고 있던 발톱을 세우는 것 같다.

마치 고양이처럼.

예를 들어 『양을 쫓는 모험』에서 "등에 별 모양을 한 밤색 양"을 찾으라고 명령하는 우익 정치가의 검은 양복을 입은 비서에게 전화로 저항하는 장면이 있다.

"문제는 거기에 있습니다." 나는 말했다. "간단히 말해서 저는 내일 양을 찾으러 가겠습니다. 꽤 망설였지만 결국은 그렇게 하기로 했습니다. 하지만 이왕 하는 거니까 제 페이스대로 하고 싶습니다. 말도 하고 싶은 대로 하겠어요. 나에게도 잡담할 권리쯤은 있으니까요. 일일이 행동을 감시당하고 싶지도 않고, 이름도 모르는 사람에게 휘둘리고 싶지도 않습니다. 대략 이 정도입니다."

"당신은 자신이 처한 상황을 오해하고 있군."

"그쪽이야말로 제가 처한 상황을 오해하고 있습니다. 아시겠어요? 제가 밤새 생각해봤어요. 그리고 깨달았습니다. 저는 잃어서 아쉬울 게 거의 없다는 사실을 말입니다. 아내와는 헤어졌고, 일도 오늘부로 그만둘 생각입니다. 집은 셋집이고 제대로 된 살림살이가 하나 없어요. 재산이라고는 고작 저축해둔 200만 엔 정도고, 중고차가 한 대, 그리고 늙은 수고양이가 한 마리 있을 뿐입니다. 양복은 전부 유행이 지난 것이고, 가지고 있는 레코드도 대개가 골동품 비슷한 것이지요. 명성도 없고, 사회적 신용은 물론이거니와 섹스어필할 구석도 없어요.……"

마치 고양이가 말하고 있는 것 같다.

"늙은 수고양이(를) 한 마리" 기르고 있는 주인공 '나'는 고양이와 이른바 짝을 이뤄 존재하면서 고양이처럼 행동하고 말한다.

고양이도 뭔가를 할 때는 철저히 자기 페이스대로이기 때문에 들어서 그대로 안고 있으면 잠깐은 가만히 있다가도 머지않아 손을 쭉 뻗어 앙버티거나 몸을 빳빳하게 세워 저항하기 시작한다. 처음에는 작은 소리로 애원하는 듯하다가 점차 본격적으로 으르렁거리며 물거나 발톱을 세우는데, 그쯤 되면 아무리 어르고 달래도 가만히 안고 있을 수 없다.

그러면서도 무릎 위로 올라와 앉을 때는 멋대로 올라와 꼼짝도 하지 않는다. 빨리 무릎이나 가슴에서 내려갔으면 하는 생각이 들 때일수록 그런 내 기분이라도 읽는 듯이 좀처럼 내려가려고 하지 않는다.

좀 더 있었으면 할 때는 재빨리 내려가 버린다.

양은 대체로 중요한 서류가 올려져 있는 테이블 위로 올라가서 자는 것을 좋아한다. 쓰다만 원고지라도 발견하면 그 위에 엎드려 눕고는 움직이려고 하지 않는다.

컴퓨터 키보드 위를 걷는 것도 좋아한다. 그럴 때마다 화면에는 고양이 언어로 쓰인 문장이 출몰한다.

식탁 위 신문 또한 양에게는 안성맞춤인 침대 커버다.

식탁 너머에 있는 텔레비전이 안 보이게끔 식탁 위에 앉는 것도 양이 좋아하는 행동 패턴 중 하나다.

지금 양이 내 책상 위로 뛰어내려서 책상 위에 펼쳐진 『중국행 슬로보트』의 어느 페이지 위에 눌러앉고는 그루밍하기에 여념이 없다.

그러던 찰나, 양이 엉덩이로 컴퓨터 키보드를 눌러 변환 시스템을 바꿔버렸다. 예를 들어 지금까지는 'KI ̄'라고 로마자로 입력한 뒤에 '무변환' 키를 누르면 가타카나 '키'로 변환되었는데, 지금은 '가타카나 히라가나' 키를 누르지 않으면 입력할 수 없다. 어떤 조합인지는 모르겠지만, 양만이 알고 있는 조합으로 두 개인가 세 개의 키를 동시에 누르면 이 같은 혼란이 발생한다.

양은 손발부터 엉덩이까지 신체의 온갖 부위를 이용해서 내가 자신에 관해 쓰는 걸 방해하려고 한다.

하나 더 '나'가 검은 양복을 입은 비서의 명령에 저항하는 장면을 보자. 여기서는 입장이 뒤바뀌어서 '나'가 검은 양복을 입은 비서에게 명령한다. 그것도 고양이에 관한 일로.

역시 '나'는 고양이와 같은 부류라고 할 수 밖에 없지 않은가. 하루키 작품의 '나'는 고양이의 친구이자 동족이다. 분신이라 해도 좋다.

'나'가 고양이의 분신일까, 아니면 고양이가 '나'의 분신일까. 이런 주종 관계는 어찌 되어도 좋다. 주종 관계라는 걸 차츰 어찌 되어도 좋게끔 만드는 게 고양이의 대단한 미덕이다(개라면 그렇게 되지는 않는다).

함께 모험에 나서는 여자 친구가 "참, 여행하는 동안 고양이는 어떻게 할 거야?" 하고 물어보자 "그러고 보니 완전히 잊고 있었네. 그렇지만 어떻게든 조처해볼게"라고 답하고(여기서도 고양이는 때때로 생각나는, 잊고 있던 존재다. 이런 점이 하루키 소설에서 고양이의 중요성을 조금도 감소시키지 않는다. 오히려 그 반대다. 고양이의 희박한 존재감이 고양이를 한층 더 귀중한 존재로 만든다),

나는 냉장고에서 우유와 치즈스틱을 꺼내 고양이에게 줬다. 고양이는 먹기 힘들다는 듯이 치즈를 먹었다. 이빨이 완전히 약해진 것이다.

냉장고 속에는 내가 먹을 만한 게 아무것도 없었기 때문에 하는 수 없이 텔레비전 뉴스를 보면서 맥주를 마셨다. 뉴스다운 뉴스가 없는 일요일이었다. 이런 날 저녁 뉴스에는 대체로 동물원 풍경이 나온다. 기린과 코끼리와 판다를 대충 보고 나서 나는 텔레비전 전원을 *끄고*……

여기까지가 무라카미 세계의 특징적인 부분, 즉 여기저기에 시선을 머물게 해서 주제를 찾아가는 부분이다.

그렇다고 고양이라는 주제가 『양을 쫓는 모험』의 진짜 주제라는 말은 아니고, 진짜 주제—양—에 다다르기 전의 탈선이라고 할 수 있다. 그러나 탈선이 하루키에게는 진짜 주제와 같은 정도이거나 그 이상으로 중요하다는 점에서 『양을 쫓는 모험』은 『고양이를 쫓는 모험』이기도 하다.

그리고 하루키는 돌연 점프하듯 주제를 덮친다.

…… 전원을 끄고 전화 다이얼을 돌렸다.

"고양이에 관한 일입니다"라고 나는 남자(검은 양복을 입은 비서)에게 말했다.

"고양이?"

그저 성실한 사람이 전화로 갑자기 "고양이에 관한 일입니다"라는 소리를 들으면 당황할 것이다(그리고 검은 양복을 입은 비서는 성실한 사람 부류에 속한다. 그렇다고 하더라도 어디까지나 세간의 통념에 따라 그렇게 불리는 것뿐, 하루키의 애독자들에게는 그다지 성실하다고 할 수 없는 '나'가 훨씬 성실하게 보인다).

'나'는 고양이의 논리랄까, 비논리적인 비약과 전이에 따라 다음과 같이 말한다.

"고양이를 기르고 있거든요."

"그래서?"

"누군가가 맡아주지 않으면 여행을 떠날 수 없습니다."

"애완동물 호텔이라면 그 지역에 얼마든지 있지 않소."

"늙어서 약해요. 한 달 동안이나 우리 속에 가둬두면 죽어버릴 겁니다."

손톱으로 책상을 톡톡 두드리는 소리가 들렸다. "그래서?"

"댁에서 맡아 주셨으면 합니다. 댁이라면 정원도 넓고 고양이 한 마리쯤은 맡아줄 여유가 있으시겠지요?"

"무립니다. 선생님은 고양이를 싫어하시고……"

'나'가 맞서는 상대인 우익의 거물급 선생은 고양이를 싫어한다. 고양이파 하루키 본래의 모습이 생생히 드러난다.

"…… 정원에서 항상 새와 가까이 지내고 계시거든. 그런데 고양이가 오면 새가 가까이 오지 않겠지."

"선생님은 의식이 없으시고(우익의 거물급 선생은 뇌에 혈혹이 생겨서 의식불명인 채로 쓰러졌다), 게다가 새를 잡을 만큼 영리한 고양이도 아니에요."

손톱으로 다시 책상을 톡톡 치다가 멈췄다. "좋소. 고양이는 내일 아침 10시에 운전기사를 보내 데려오겠소."

"고양이 먹이와 화장실용 모래를 같이 보내겠습니다. 그리고 먹이는 정해진 상표의 사료만 먹으니까 떨어지면 똑같은 걸 사주십시오."

입장이 뒤바뀌었다는 것은 비로 이 부분을 말한다. '나'가 검은 양복을 입은 비서에게 차례차례 명령을 내리고 있다.

'나'의 검은 양복을 입은 비서를 향한 저항법은 어디까지나 고양이적이긴 해도, 고양이와 관련된 일로 고양이적인 반항을 시도해보는 것이다.

🐾 고양이화되어가는 세계

고양이의, 고양이를 위한, 고양이에 의한 세계다.

"자세한 것은 운전기사에게 직접 말하시오. 전에도 얘기했지만 나는 한가한 사람이 아니오."

"창구는 하나로 해두었으면 합니다. 책임 소재를 분명히 하기 위해서요."

"책임?"

"다시 말해서 제가 없는 동안에 고양이가 없어진다든지 죽는다든지 하면, 만약에 양을 찾더라도 당신에게는 아무것도 가르쳐줄 수 없다는 뜻입니다."

"흠." 하고 남자가 말했다. "그래, 알겠소. 약간 빗나가기는 했지만 자네는 아마추어치고는 제법이군. 메모할 테니까 천천히 말하시오."

여기에서 시작되는 '나'의 세세한 지시는 마치 고양이가 '나'의 입을 빌려 말하고 있는 것처럼 생동감이 넘치는 내용이다. 예를 들면(지금 펼친 페이지 위에서 양이 몸을 쭉쭉 뻗고 자고 있다)『중국행 슬로보트』에 수록된 단편「오후의 마지막 잔디밭」의 이런 세계다.

아무리 잘 갖춰진 형태로 정리하려고 노력해봐도 문맥은 이쪽저쪽으로 왔다 갔다 하고, 마지막에는 문맥조차 아닌 게 되어버린다. 마치 축 늘어진 새끼 고양이 몇 마리를 겹겹이 쌓아놓은 것 같다.

과연 책상 위에서 몸을 쭉 뻗고 자는 양은 꼬리를 이쪽저쪽으로 흔들며 책상 위의 안경이나 차 키, 핸드폰이나 책, 나이프나 전자사전, 메모지나 볼펜, 포스트잇이나 마우스를 정말이지 수습 불가능한 상태로 만들어버린다.

여기서도 무라카미 세계는 고양이 문맥으로 서술된다. 그것은 어떠한 추상적 관념을 배제한, 사랑할 수밖에 없는 디테일의 세계다.

이 세계의 특징은 디테일을 집약하거나 총괄하는 그 어떤 고차원적 의미도 찾을 수 없다는 데 있다. 한마디로 말하자면, 신도 왕도 군주도 아닌 완전한 아나키적인 고양이의 세계다.

"마치 축 늘어진 새끼 고양이 몇 마리를 겹겹이 쌓아놓은 것 같"은.

몇 마리의 고양이가 모여 있는 장면을 보면 알 수 있을 것이다. 고양이 모임에는 개나 원숭이처럼 두목 개나 두목 원숭이가 없다. 고양이의 모임을 통솔하는 우두머리가 없다.

무엇보다 고양이는 필요하지 않으면 ─ 예를 들면 생선 뼈가 길가에 버려져 있다거나 ─ 무리를 짓는 법이 없다.

앞에서 언급한 『고양이만이 아는 고양이의 비밀』에서 고양이는 이렇게 말한다.

> "고양이에게는 보스도 왕도 없다. 고정 역할도 없다. 우리들은 개미도 아니고 꿀벌도 아니다. 하물며 개도 아니다!"
> 개는 무리를 짓지만 고양이는 그렇지 않다. 고양이는 혼자서 활동하는 걸 좋아한다.

고양이에 관한 '나'의 고양이적인 지령은 계속된다.

"비계는 주지 마세요, 전부 토해버리니까. 이가 안 좋아서 질긴 것도 안 됩니다. 아침엔 우유 한 병과 통조림, 저녁에는 멸치 한 줌과 고기나 치즈스틱을 주세요. 화장실은 매일 갈아주도록 하세요. 더러운 것을 싫어하거든요. 자주 설사를 하는데, 이틀이 지나도 낫지 않거든 수의사에게 약을 받아서 먹이세요."

나는 거기까지 말하고서 수화기 저쪽에서 남자가 볼펜으로 받아적는 소리에 귀를 기울였다.

"그리고?" 남자가 물었다.

"귀 진드기가 붙기 쉬우니까 하루에 한 번 올리브 오일을 묻힌 면봉으로 귀를 청소해주세요. 싫다고 날뛰니까 고막을 다치지 않도록 조심해야 합니다. 그리고 가구에 흠이 날까봐 걱정이라면 일주일에 한 번은 발톱을 깎아주세요. 일반 손톱깎이면 됩니다. 벼룩은 없을 테지만, 예방을 위해서 가끔 벼룩 제거 샴푸로 씻기는 게 좋을 거예요. 샴푸는 애완동물 가게에 가면 팝니다. 고양이를 씻긴 후에는 수건으로 잘 닦고 나서 솔질해주고, 마지막으로 드라이어로 말려주세요. 그렇게 안 하면 감기에 걸리니까요."

이런 식으로 고양이적인 아나키즘을 몸에 익힌 '나'는 고양이 돌보는 방법에 대해 세세한 지시를 내린다. 가만히 읽다 보면 고양이를 테마로 한 산문시처럼 보인다는 점을 눈치챌 것이다.

그렇다, 이것은 한 편의 잘 된 시다. 고양이에 관한 시.

명령을 받은 검은 양복을 입은 비서의 세계관은 필시 시같이 세세한 고양이 양육법을 지시받는 것과는 전혀 다른, 온전한 어른 남자들의 정연한 질서에 따른 것이겠으나, 『양을 쫓는 모험』에서는 그런 남자들의 논리적 세계가 여자와 고양이의 비논리적인 세계에 의해 점차 전복되는 식으로 이야기가 진행된다.

고양이화되어가는 무라카미 세계.

검은 양복을 입은 비서가 귀 진드기나 벼룩이 붙은 늙은 고양이를 씻겨 수건으로 잘 닦아주고 나서 솔질하고, 드라이어로 말리고 있는 광경을 상상해보라. 뭐라 꼬집어 말할 수 없이 유머러스한, 한 편의 시 혹은 이 세상의 규율이나 속박에서 벗어난 『이상한 나라의 앨리스』나 전래동화 같은 비현실적인 세계가 나타난 것만 같다.

검은 양복을 입은 비서와 정어리의 조합은 굉장히 초현실적이다.

하루키는 이런 초현실적인 조합을 진지한 세계―헤겔 식으로 "고지식한 정신"이 지배하는 세계라고 해도 좋다―에 출현시킴으로써 그 구조를 아주 간단하게 뒤엎어버린다.

제 8 장

날카롭게 휘두르는 꼬리,

혹은 도둑맞은 소마

귀를 기울이면 멀리 떨어진 곳에서 고양이들이 뇌수를 후루룩거리며 마시고 있는 소리를 들을 수 있다. 간드러진 몸매의 고양이 세 마리가 깨진 머리를 둘러싸고 그 안에 고인 걸쭉한 재색 수프를 마시고 있다. 빨갛고 거친 그들의 혀끝이 내 의식의 부드러운 주름을 맛있게 핥았다. 한 번 핥을 때마다 내 의식은 불꽃처럼 흔들리고 희미해졌다.

무라카미 하루키, 『스푸트니크의 연인』, 고단샤, 1999.

 점쟁이 고양이와
가노 마루타

다시 압도적으로 여자가 리드하는 세계, 『태엽 감는 새』 이야기로
돌아가자.

여자, 즉 고양이라는 이 책[19]의 화제에 따라 고양이가 리드하는
세계라고 해도 좋다. 고양이화, 즉 여성화다. 고양이가―되는 것과
여자가― 되는 것이 동시에 진행된다.

실제로 구미코는 화제를 돌려 없어진 지 일주일이나 된 고양이
를 찾으라고 '나'에게 부탁한다. 부탁이라고는 했지만 정언적定言的
명령 같아서 '나'의 이런저런 되물음에도 답해주지 않고 다짜고짜

---

19 『하루키, 고양이는 운명이다』를 가리킨다.

전화를 끊어버린다.

'다짜고짜'라는 말이 좀 적절하지 않을지도 모르겠다. 그렇다고 '살며시'도 아니다. 역시 '우연'이나 '우연한 경위'라고 할 수밖에 없는, 무기질적이고 쿨한 남성적인 명령의 세계와는 다른 하루키의 여성적인 세계의 명령은 논리를 동반하지 않기 때문에 신의 계시처럼 울려 퍼진다.

논리적인 명령과 비논리적인 명령.

"고양이 좀 부탁해."
그리고 전화가 끊겼다.

논리적인 명령이라면 이치로 저항하는 것이 가능하나, 이처럼 비논리적이고 불합리한 명령은 따르는 수밖에 없다.

하루키의 '나'는 남성의 논리적인 명령에 따르려 하지 않지만, 여성의 비논리적인 명령에는 간단히 복종해버린다.

하루키의 소설은 이렇게 여자 혹은 고양이가 스토리를 이끌어간다.

『태엽 감는 새』는 총 3권으로 이뤄진 장대한 작품으로 복잡기괴한 사건이 속출하나, 근본이 되는 이야기는 극히 단순하다. 오카다의 실종된 아내 구미코를 찾는 이야기로 요약할 수 있다. 고양이의 실종은 구미코가 사라지는 일의 전조였다.

"처음에는 단순히 고양이의 수색에 관한 일이었지요. 그러나 거기
에는 더욱 깊은 뭔가가 있단 걸 느꼈습니다."

이 책에서 무당 혹은 예언자의 역할을 담당하는 가노 마루타가
한 말이다. 구미코가 실종된 이후의 회상 장면인 소설 첫머리에서
그녀는 이렇게 말한다.

"지금부터 당분간 당신의 신변에 여러 변화가 일어나게 될 것입니
다. 고양이 일은 어쩌면 시작에 지나지 않습니다."

혹은 이렇게.

"오늘 뵙게 된 용건은 순수하게 고양이에 관한 일입니다"라고 가
노 마루타가 말했다. "고양이 일로 와타야 님(아내 구미코의 오빠)이
상담을 요청하셨어요. 아내 되시는 오카다 구미코 님이 오빠 와타
야 님에게 행방이 묘연해진 고양이에 관한 일로 상담을 하셨고, 와
타야 님이 저에게 상담을 청하게 된 것이지요."
그렇군, 이제야 어찌 된 일인지 알겠다. 영매인지 뭔지 하는 그녀
는 우리 집고양이의 행방에 대한 상담을 해줬다. 와타야 집안은 예

전부터 점쟁이나 풍수지리에 빠져 있었다. 물론 그런 것은 개인의 자유다. 믿고 싶은 것을 믿으면 된다. 그렇지만 어째서 일부러 그런 상대의 여동생을 범하지 않으면 안 되는 것인가? 어째서 그런 불필요하고 귀찮은 일을 벌이지 않으면 안 되는가?

다음에 나오는 둘의 뒤죽박죽 어긋난 대화는 하루키식 커뮤니케이션(혹은 디스 커뮤니케이션)의 정수라 할 만하다.

"당신은 그런 걸 전문으로 찾으시는 건가요?"라고 나는 그녀에게 질문해보았다. 가노 마루타는 깊이 없는 눈으로 내 얼굴을 가만히 쳐다보았다. 왠지 빈집 창문으로 안을 가만히 들여다보고 있는 것 같은 눈이었다. 눈빛을 보아하니 내 질문을 전혀 이해하지 못한 것 같았다.

"이상한 장소에서 살고 계시군요." 그녀가 내 질문을 무시하고 말했다.

"그런가요"라고 내가 답했다. "대체 어떤 식으로 이상한가요?"

가노 마루타는 이 질문에는 답하지 않은 채, 거의 손도 대지 않은 토닉 워터 잔을 다시 10센티미터 정도 밀어 저쪽으로 보냈다. "그리고 고양이란 생명체는 굉장히 감수성이 예민하답니다."

나와 가노 마루타 사이에 잠시 침묵이 흘렀다.

"제가 이상한 곳에 살고 있고, 고양이가 감수성이 예민한 동물이라는 것은 잘 알겠습니다"라고 내가 말했다. "그렇지만 저희는 지금까지 꽤 긴 시간 동안 그곳에서 살았습니다. 저희 부부가 고양이와 함께. 그런데 왜 이제 와서 갑자기 나간 겁니까? 왜 진작 나가지 않은 겁니까?"

"정확히 말씀드리기는 어렵습니다만 아마도 흐름이 변한 탓이겠지요. 뭔가의 관계에서 흐름이 방해받았겠지요."

"흐름."

"고양이가 아직 살아있을지 아닐지 저는 아직 모릅니다. 하지만 지금 고양이가 당신 집 근처에 없다는 것은 확실합니다. 따라서 집 근처를 아무리 찾는다 해도 고양이가 나오진 않겠지요."

나는 컵을 들어 식은 커피를 한 모금 마셨다. 유리창 밖으로 가는 비가 내리는 것이 보였다. 하늘에는 어두운 구름이 낮게 깔려 있었다. 사람들은 자못 우울한 듯 우산을 쓰고 육교를 오르락내리락 하고 있었다.

"손을 내밀어보세요." 그녀가 내게 말했다.

이 부분부터—아니, 그전부터이긴 하지만— 소설은 무당이 예언하는 공간으로 들어간다. 하루키 소설이 본질적으로는 무당의 말로 성립되었다는 것이 단적으로, 그리고 유머러스하게 예증되는 부분이다.

나는 오른손을 내밀어 손바닥을 위로 향하게 하여 테이블 위에 놓았다. 손금을 보려는가 보다 했다. 그러나 가노 마루타는 손금에는 전혀 흥미가 없는 듯했다. 그녀는 손을 뻗어 내 손바닥에 자신의 손바닥을 포개놓았다. 그리고 눈을 감고 그대로 가만히 있었다. 마치 무성의한 연인을 조용히 나무라는 것처럼. 웨이트리스가 와서 나와 가노 마루타가 테이블 위에서 말없이 손을 포개고 있는 것을 못 본 척하면서 나의 빈 커피잔을 채워주었다. 테이블 주변 사람들이 힐끔힐끔 이쪽을 쳐다보았다. 나는 아는 사람이 없기만을 계속 기도했다.

이 장면의 재미는 아무리 강조하고 강조해도 지나치지 않는다. 다만 그 재미를 설명하려고 하면 사라져버린다. 그런 의미에서 고양이와 닮았다.

없어진 고양이의 행방을 점치고자 손바닥과 손바닥을 포갠 남과 여. 두 사람을 못 본 척하면서 컵에 커피를 따르는 웨이트리스.

정치하게 구성된 마니에리스모[20]적인 분위기.

이처럼 완벽한 허구의 공간을 유지하기 위해 '나'도, 가노 마루타도, 웨이트리스도, 가게의 손님들도, 숨을 멈추고 힘을 모으고 있는 것 같다. 델보나 마그리트[21] 그림의 세계라고 말할 수밖에 없다. 아니면 프란츠 카프카[22]나 루이스 캐럴[23]의 소설 속 세계라든지.

하루키의 모든 작품을 통틀어서 가노 마루타가 최고의 캐릭터가

---

20 Manierismo. 르네상스 말기인 1520년경부터 바로크 양식이 시작되는 1590년경으로 이행하는 과도기에 유행한 미술양식을 일컫는 말로, 부자연스럽고 인위적인 작위성, 지나친 과장성 등을 특징으로 한다.

21 벨기에 출신의 초현실주의 화가인 폴 델보Paul Delvaux와 르네 마그리트Rene Magritte를 가리킨다.

아닐까.

🐾 잃어버린 원피스

그러고 나서 가노 마루타가 입을 뗀다.

"오늘 여기 오시기 전까지 본 것을 하나라도 좋으니 떠올리세요."
가노 마루타가 말했다.
"하나만요?"이라고 내가 물었다.
"하나만입니다."
나는 아내의 옷상자에 들어있던 꽃무늬 미니 원피스를 떠올렸다.
왜인지는 모르겠다. 하지만 어쨌든 그것이 문득 머릿속에 떠오른
것이다.

명심해둘 것이 있다. 고양이를 찾기 위해 가노 마루타를 만난 시
점에서 아내 구미코는 아직 실종되지 않은 상태였다는 점이다. 그
렇지만 실종될 예감은 있었다. 여기서 '나'는 "왜인지는 모르겠"지만
아내의 미니 원피스를 떠올린다. 『양을 쫓는 모험』에 나오는 헤어진
아내의 슬립을 여기에 중첩해보자.
그 사라져 없어지는 것의 촉감을.

---

22 Franz Kafka 1883~1924. 체코에서 태어난 독일 작가로, 대표작으로 『변신』 『심판』 등이 있다.
23 Lewis Carroll 1882~1898. 영국의 작가이자 수학자, 사진사이며 『이상한 나라의 앨리스』의 저
    자로 알려져 있다.

이후의 전개를 따라가다 보면 이것이 아내가 없어지는 사건의 전조였다는 게 분명해진다.

아내가 없어진 후에 '나'는 아내가 없어지기 전까지의 경위를 다음과 같이 요약한다.

나는 반바지를 입고 새 폴로 셔츠를 꺼내 입었다. 그리고 툇마루 기둥에 기대어 앉아서 정원을 바라보며 젖은 머리를 말렸다. 그 후 요 며칠간 자신의 신변에 일어난 일을 정리해보려 했다. 먼저 마미야 중위가 전화를 걸어왔다. 그게 어제 아침의 일이다. ─그렇다, 틀림없이 그것은 어제 아침이었다. 그리고 아내는 나갔다. 나는 그녀의 원피스 지퍼를 잠갔다. 그리고 오 드 코롱 상자를 발견했다. 그 후에 마미야 중위가 찾아와서 기묘한 전쟁 이야기를 했다. 외몽골군에 잡혀 우물에 던져진 이야기다. 그는 혼다의 유품을 남기고 갔다. 한데 그것은 그냥 빈 상자였다. 그리고 구미코는 돌아오지 않았다. 그녀는 그날 아침 역 앞 세탁소에서 세탁물을 가져왔다. 그런 뒤 그대로 어딘가로 사라져버렸다. 회사에도 연락이 없다. 그게 어제 일어난 일이다.

훌륭한 요약이다. 여기서 구체적으로 아내의 원피스에 관해 언급하는데, 그것이 가노 마루타와 손바닥을 포개었을 때 문득 뇌리를 스쳐 지나갔던 것이다.

나가기 전에 구미코는 나한테 와서 원피스 지퍼를 올려달라고 했다. 몸에 딱 달라붙는 원피스라 지퍼를 올리는 데 조금 시간이 걸렸다. 그녀의 귀 뒤에서 좋은 냄새가 났다. 정말이지 여름날 아침에 딱 어울리는 냄새였다.

"새 향수?" 내가 물었다. 그러나 그녀는 대답하지 않았다. 재빨리 손목시계를 확인하고 손을 뻗어 머리를 매만졌다. "빨리 나가야겠네"하며 그녀는 테이블 위의 핸드백을 집어 들었다.

돌이켜보면 이것이 구미코를 본 마지막 장면이다. 담담하게 지나가는 평범한 일상의 광경. 그것이 사후적으로는 무엇인가 결정적인 의미를 지니게 된다.

구미코가 집을 나간 직후에 '나'는 그녀의 원피스를 떠올린다.

나는 원피스 지퍼를 올릴 때 본 구미코의 매끈매끈한 하얀 등과 귀 뒤에서 나는 냄새를 떠올렸다.

꽃무늬 미니 원피스는 '나'의 예감과 회상의 갈림길에 있는 듯하다. 예지와 기억의 틈 사이에 매달려 이별의 증표처럼 흔들리는 미니 원피스. 그 후 마미야 중위라는 인물이 찾아와 노몬한 사건[24]에 얽힌 '긴긴 이야기'를 하고 갔는데, 아내 구미코는 그 '긴긴 이야기'

---

24 1939년에 몽골과 만주의 국경지대인 할하강 유역에서 벌어진 일본군과 소련군의 전투.

를 하는 동안에 사라졌다고 볼 수도 있겠다.

　이후로 구미코의 귀가를 기다리는 시간이 시작된다. 그때도 그녀의 원피스가 의식의 수면 위로 부상한다.

　　나는 툇마루에 앉아 멍하니 정원을 바라보았다. 하지만 실세로는 아무것도 보고 있지 않았다. 뭔가를 생각하려고 했는데, 특정한 무언가에 집중할 수 없었다. 나는 원피스 지퍼를 올릴 때 본 구미코의 등을 몇 번이고 계속해서 생각했다. 그리고 귀 뒤의 오 드 코롱 향을 떠올렸다.

　없어진 구미코 대신인 것처럼 그녀의 원피스가 몇 번이고 떠오른다. 원피스는 이제 페티시로 '나'의 의식에 고착되었다. 그러나 그것이 언제 '나'의 의식에 명료히 떠올랐는가는 불명확하다. 이런 의미에서 꽃무늬 미니 원피스는 '잃어버린 원피스'라고 할 수 있겠다.

　기묘한 것은 이렇게 집요하게 몇 번이고 떠오르는 원피스가 아직 구미코가 실종되기 전, 없어진 고양이 일로 만난 가노 마루타와 손바닥과 손바닥을 포개놓았을 때 '나'의 머릿속에 떠올랐다는 점이다. 하루키 소설 속 무당이 점을 보는 미궁과도 같은 시간을 이보다 더 선명하게 보여주는 에피소드는 없다.

『양을 쫓는 모험』에서 '나'가 여자 친구에게 이 페티시의 존재에 대해서 말하는 장면이 있다.

하루키가 페티시로서의 옷에 대해 언급한 최초의 토막글이다.

"내가 모퉁이를 돌아. …… 그러자 내 앞에 있던 누군가는 이미 다음 모퉁이를 돌고 있는 거야. 그 누군가의 모습은 보이지 않고, 하얀 옷자락만 슬쩍 보였을 뿐이지. 그래도 그 하얀 옷자락만큼은 깊게 새겨져서 머릿속에서 떠나질 않는 거야. 이런 느낌 느껴본 적 있어?"

구미코의 원피스도 사라진 하얀 옷자락 같은 것이다.

사라진 사람이 남긴 이미지.

'나'가 구미코의 원피스를 생각하던 장면에 이어서 '얼마간의 시간이 지나자 전화가 울렸다'는 문장과 함께 가노 마루타에게서 전화가 걸려온다.

원피스에서 전화로, 그리고 고양이로. 이야기는 이어져 진행된다.

"저는 가노 마루타라고 합니다. 실은 고양이 일로 전화를 드렸는데요."

"고양이?"라고 '나'가 되묻는다. 고양이 일을 까맣게 잊고 있던 것이다.

　고양이 노보루의 부재에서 시작된 이야기는 아내 구미코가 실종된 이후로는 없어진 구미코에게로 초점이 넘어간다. 이런 의미에서 고양이 노보루 또한 원피스처럼 구미코와 관련된 페티시였을지도 모르겠다.

　중요한 것은 고양이와 구미코가 없어지기 전에 남긴 흔적이자 페티시가 된, 망령처럼 몇 번이고 되돌아오는 추억이다.

　고양이 노보루를 찾아 골목에 들어선 '나'는 "와타야 노보루의 네 다리만 떠올렸다". "발 안쪽에 고무같이 부드럽고 푹신푹신한 쿠션이 달린 차분한 갈색 다리다".

　'나'는 "와타야 노보루, 너 어디에 있는 거니"하고 물으며 다음과 같은 시 구절을 떠올린다.

　"와타야 노보루
　너는 어디에 있는 것이냐?
　태엽 감는 새가 네 태엽을
　감지 않은 것이냐?"

　그 후에 다시 전화가 울렸고, 약간의 말다툼을 한 '나'와 구미코는 전화를 받으려 하지 않았다.

받는 사람이 없는 전화벨은 계속 울렸다. 벨은 어둠 속에서 떠오른 먼지를 느릿느릿 휘저었다. 나도 구미코도 그 사이에 단 한마디도 하지 않았다. 나는 맥주를 마셨고, 구미코는 소리 없이 계속 울었다. 나는 스무 번까지 벨 소리를 세다가 그 이후로는 포기하고 그냥 뒀다. 언제까지나 그런 걸 세고 있을 수 없는 노릇이었다.

고양이 노보루가 울리는 전화벨 속으로 소멸하고, 아내 구미코도 전화벨이 울릴 때마다 하루키 소설의 세계에서 사라져가는 것만 같다.

‘소용돌이 고양이’ 형상을 한 소설

하루키가 쓰고 싶었던 것은 고양이가 없어졌다 돌아오는 게 전부인 이야기였는지도 모른다. 하지만 말할 것도 없이 그 내용만으로는 그야말로 “이야기할 거리가 없다”.

이때 아내 구미코가 실종되는 이야기가 고양이가 없어지는 이야기를 대신해놓이게 된다.

우리가 읽는 것은 구미코의 실종 이야기.

여기에 마미야 중위가 외몽골군에 잡혀 우물에 던져진 ‘긴긴 이야기'나, 노몬한 사건 이야기, 실종된 아내 구미코를 둘러싼 매형과의 '줄다리기' 같은 갈등이 덧붙여져, 눈덩이처럼 불어난 이야기가 3부작의 장편으로 '둔갑'하는 것이다.

그러나 그 저변에는 없어졌다가 엉뚱한 일로 돌아온 고양이 노보루에게 삼치라는 새 이름을 붙여줬다는 별다를 게 없는 이야기가 깔려 있다.

마치 고양이가 둔갑한 것만 같지 않는가.

고양이가 돌아온 장면은 정말이지 하루키가 말한 '작지만 확실한 행복(소확행小確幸)'으로 넘쳐흐른다.

나는 마루에서 고양이 삼치 옆에 앉아 저녁까지 책을 읽었다. 고양이는 마치 뭔가를 되찾으려는 듯이 깊은 단잠에 빠져 있었다.

잠든 고양이를 바라보는 뭐라 말할 수 없는 평온함.

멀리서 풀무질하는 듯한 고요한 숨소리가 들려오고, 그 숨소리에 맞춰 몸이 위아래로 천천히 움직였다. 나는 가끔씩 손을 뻗어 따뜻한 몸을 만지며 고양이가 정말 거기에 있는지 확인했다. 손을 뻗어 뭔가를 만질 수 있다는 것, 따뜻함을 느낄 수 있다는 것, 그것은 굉장히 멋진 일이었다. 나는 꽤 오랫동안 이 감촉을 놓치고 있었다는 사실을 깨닫지 못했다.

하루키가 컴퓨터로 이 대목을 쓰면서 때때로 손을 뻗어 잠든 고양이의 온기를 확인했던 건 아닐까.

참고로 미시마와 하루키를 비교해보자면, 미시마가 이런 고양이적 평온무사한 행복에서 도망쳐 피 냄새 진동하는 드라마틱한 사건으로 가득 찬 세계로 향해갔다면, 하루키는 도리어 고양이들과 작지만 확실한 행복을 선택한 것이라고 말할 수 있다.

소설의 막바지에서 실종된 아내 구미코는 메일을 통해 고양이가 돌아왔다는 사실을 축복한다.

"그 고양이가 살아 있어서 정말 기뻐요. 고양이가 걱정이었으니까."

또 이런 메시지도 남긴다.

"아무쪼록 고양이를 소중히 여겨주세요. 나는 고양이가 돌아와서 진심으로 기뻐요. 확실히 삼치라는 이름이 잘 어울리네요. 이름이 마음에 들어요. 나는 그 고양이가 나와 당신 사이에서 생겨난 좋은 증표 같은 것이었다고 생각해요. 우리는 그때 고양이를 잃어버려야만 했던 게 아닐까요."

여기서도 이야기가 고양이로 시작해 고양이로 끝나는 둥근 고리를 이루고 있다.

하루키 소설을 자세히 보면 몸을 둥글게 말고 자는 '소용돌이 고양이'의 형상을 하고 있다(분게이슌주에서 간행된 회문[25] 『마타타비아비타 타마 またたび浴びたタマ』[26]라든지, 신쵸사에서 출간된 『소용돌이 고양이의 발견법』과 같은 작품들이 이를 증명한다).

고양이는 모두 한 마리 혼돈 상태의 고양이

그런데 삼치 혹은 와타야 노보루를 위해서 하루키는 좀 더 색다른 귀환을 준비해두었다. 고양이가 영매 같은 불가사의한 여자 가노 마루타 몸으로 돌아오는 것이다.

소설 끝자락에서는 예상대로 가노 마루타가 꿈속에서 나타난다.

'나'와 가노 마루타가 마주 앉아 차를 마시고 있었는데, 어느샌가 둘은 수화기를 들고 이야기를 나누고 있다. 마주보고 앉아 전화로 이야기하는 기묘한 상황이 발생한 것이다. 이때 '나'는 가노 마루타에게 고양이가 돌아왔다고 보고한다.

> "그래요. 당신과 저는 원래 고양이를 찾기 위해 만났으니까 일단은 전하는 편이 좋겠다고 생각했어요."

---

25 回文. 앞에서부터 읽으나 뒤에서부터 읽으나 뜻이 통하는 문장.

26 '개다래 나무를 뒤집어 쓴 타마'란 뜻이다. 개다래 나무는 고양이를 흥분시키는 성분을 함유하고 있다고 한다.

가노 마루타는 반신반의하면서 이야기를 듣고 있다.

"고양이가 외형적으로 특별히 변한 부분은 없었나요? 없어지기 전과 여기가 다르다고 눈치챌 만한 건?"

"다른 부분?" '나'는 조금 생각하고 나서,
"그러고 보니" 하고 대답한다. "꼬리 모양이 전과는 조금 다른 듯한 느낌이 들긴 했는데……"

여기서 잠시 앞서 인용한 『양을 쫓는 모험』의 탁월한 정어리 묘사 장면 중에서, 고양이 "꼬리 끝은 60도로 구부러져 있고" 부분을 상기해보자.

연로한 고양이라 시간상으로 착오가 있겠으나 『태엽 감는 새』의 '나'는 『양을 쫓는 모험』에 나온 정어리를 떠올리고 꼬리가 전과 조금 다르다고 한 게 아닐까.

이렇게 보면 고양이라는 생명체는 어떤 고양이라도 다른 고양이와 연결되어 있으므로 확고한 개체성을 지니지 않았다는 생각이 든다.

삼치와 정어리가 동일한 고양이 같고, 우리 집 소마나 양도 부모와 자식 간이니 당연히 나이가 다를 텐데도, 내 머릿속에서는 섞이고야 만다.

168
\
169

각각의 고양이를 향한 내 애정이 부족하다는 말이 아니다.

한 마리의 고양이를 향한 애정이 다른 고양이를 향한 애정과 섞
인다는 표현이 맞을까. 대체로 좋아하게 되는 여자들의 타입이 비슷
한 것처럼, 좋아하는 고양이들이 모두 한 마리 혼돈 상태의 고양이
라는 매혹 속에 녹아든다.

하루키 소설에서도 아내 구미코, 고양이 노보루(삼치), 가노 마루
타, 가노 크레타, 가사하라 메이, 전화 속 여자 등과 같이 등장하는
여자들이나 고양이가 서로 연결되어 있다.

아니, 한 편의 소설 속에서뿐만 아니라 아내 구미코는『양을 쫓
는 모험』의 헤어진 아내나 여자 친구와 연결되었고, 몇 편의 장편 속
에 등장하는 몇 명의 '나'들도 연결되어 있으며,『양을 쫓는 모험』의
정어리와『태엽 감는 새』의 삼치는 같은 고양이다. 게다가『해변의
카프카』의 서두에서 나카타 씨와 대화하는 검은 고양이와 마지막에
서 호시노 청년이 만난 검은 고양이도 다른 고양이라고 생각할 순
없고……

이런 식으로 생각을 발전시켜 나가다보면, 무라카미 세계에 등장
하는 사람과 고양이는 어딘가로 사라졌다가 다시 혼돈 상태에 빠진
한 인간이나 고양이와 같은 모습으로 되돌아와서는 그때부터 여타
의 차이점이나 이름을 습득하고 나서 나타날 것만 같은 느낌이 든다.

실제로 꼬리의 구부러진 정도 이외에는 각각의 고양이를 구별하

는 증표란 게 달리 없을지도 모른다.

밤에 고양이가 내 침대 속으로 파고 들어오면 나는 손을 뻗어 그 꼬리를 만져보고 끝이 약간 구부러져 있으면 '소마구나'라고 생각하고, 쭉 뻗어있으면 '그레이구나'라고 생각한다. 이에 비해 양은 다람쥐처럼 꼬리가 두꺼운 편이다.

그렇게 안심한 나는 다시 잠 속으로 빠져든다.

『태엽 감는 새』의 '나'도 돌아온 고양이의 꼬리에 집착한다.

"돌아온 고양이를 쓰다듬다가 문득, 예전에는 꼬리가 좀 더 심하게 구부려져 있지 않았었나 하는 생각이 들었습니다."

'나'는 역시 『양을 쫓는 모험』의 정어리를 떠올리고 있는 듯하다. 그러자 가노 마루타가 "그렇더라도 틀림없이 같은 고양이지요"라고 넘겨짓는 투로 질문하면서부터 소설의 핵심에 육박할 만한 비밀이 폭로된다.

"헌데 진실을 말씀드리면"하면서 자신의 꼬리를 보이곤, "죄송하지만 그 고양이의 진짜 꼬리는 여기 있어요."

그러니까 가노 마루타는 고양이였던 것이다. 그렇다면 그녀의 여동생인 가노 쿠레타도 역시 고양이라고 생각할 수밖에 없다. 아내 구미코도 때때로 가노 쿠레타와 바뀌었던 것 같으므로, 구미코 또한 고양이라는 소리가 된다.

이런 식으로 무라카미 세계에서는 등장인물이 고양이로 변신해 가는 과정이 관찰된다. 그리고 등장인물을 총괄하는 역할인 '나', 이 수수께끼 같은 인물 또한 당연히 고양이로 변모해가는 과정에 있다고 할 수 있다.

모든 것이 고양이라는 카오스 속에 던져져 흘러가는 게 하루키 소설의 광경인 것인가.

계속해서 가노 마루타가 그녀의 꼬리를 보여주는 장면은 『태엽 감는 새』의 하이라이트라고 봐도 좋다.

그렇게 말한 가노 마루타는 수화기를 테이블 위에 놓고, 코트를 훌렁 벗어 알몸이 되었다. 코트 속에 아무것도 입지 않았다. 가노 쿠레타와 비슷한 크기의 가슴에, 비슷한 형태의 음모가 나 있었다.

무라카미 세계에서는 이런 식으로 가노 마루타와 가노 쿠레타의 구별마저 확실치 않다.

하지만 비닐 모자만은 벗지 않았다. 그리고 가노 마루타는 뒤돌아나에게 등을 보였다. 그녀의 엉덩이 위에 틀림없는 고양이 꼬리가 달려 있었다. 그녀의 몸 사이즈에 맞춰진 실물보다 훨씬 큰 것이 었는데, 형태 자체는 삼치의 꼬리와 같았다. 끝도 똑같이 구부러져 있었고, 구부러진 정도 또한 자세히 보면 삼치의 꼬리보다 훨씬 현실감 있었다.

고양이는 '나'의 집에 돌아온 것일까, 돌아오지 않은 것일까. 돌아왔어도 돌아오지 않았다고 할 수 있다.

하루키는 이처럼 열린 결말을 준비해두었다.

적어도 꼬리만큼은 가노 마루타의 엉덩이에 달려 있었으니까.

그리고 가노 마루타는―비록 꿈속이지만― 믿기 어렵고 불가사의한 말을 한다. "오카다 님, 가노 쿠레타가 낳은 아이의 이름은 고루시카입니다"라고.

마치 신탁神託과도 같은 말. "꼬리를 날카롭게 휘두르고 있었다"라고 언급한 이때 이미 가노 마루타의 고양이로의 변신은 완성됐다고 보아도 좋다.

이처럼 현실적이고 설득력 있는 장면을 읽고 있자니 하루키 소설의 꿈속에서 가노 마루타 엉덩이에서 흔들리고 있던 고양이 꼬리가 진짜 꼬리고, 우리 집고양이 소마의 조금 구부러진 꼬리는 모조품이나 위조품이 아닐까 하는 생각까지 든다.

이쯤에서 걱정이 된 나는 아들 방에 들어가 소마를 찾았다. 소마는 이불 속에서 몸을 둥글게 말고 깊이 잠들었다.

나는 살짝 이불을 들어서 소마의 꼬리를 손바닥 위에 올려놓고 주의 깊게 살펴봤다.

꼬리 끝의 구부러진 정도를 떠올리며, 손끝으로 그것을 확인해보는 동안 소마는 한 차례 귀찮다는 듯 하품을 하고 이내 다시 잠들어버렸다. 나는 내가 만지고 있는 게 소마의 꼬리와 완전히 같은 것이라는 확신이 서지 않았다.

위에서 내가 『태엽 감는 새』의 문장들을 모사한 것처럼(의심스러운 독자는 하루키 작품과 비교해보시라), 소마의 꼬리도 가노 마루타가 그대로 훔쳐가 버린 것이다.

제 9 장

에필로그

—고양이의 「민수기民数記」

우리는 거실 소파 위에서 그대로 계속 안고 있었다. 소파 맞은편 의자에는 고양이가 앉아 있었다. 고양이가 힐끔 눈을 들어 우리가 서로 껴안고 있는 쪽을 쳐다보고 아무 말도 없이 기지개를 켜고는 그대로 잠들어버렸다.

무라카미 하루키, 『국경의 남쪽, 태양의 서쪽』, 고단샤, 1992.

🐾 고양이의 예지

고양이는 꽤나 요령을 부리는 동물이다.

고양이는 인간과 공생하는 요령을 알고 있다. 개처럼ㅡ이렇게 말하면 애견인들에게 야단맞을 것 같긴 하지만ㅡ 약삭빠르지 못하다.

수상한 사람을 보면 짖는 것이 개의 습성이다. 고양이는 그런 식의 구별은 하지 않는다. 자신과 궁합이 좋은지 그렇지 않은지가 선별 기준이다.

본래 고양이는 수상한 존재로, 개가 짖어대는 자와 한패다.

나도 밤에 혼자 걷다 보면 자주 개가 나를 향해 짖어댄다.

개는 사람을 따르고 고양이는 장소를 따른다는 말이 있다. 고양이는 개처럼 사람을 섬기지 않는다.

'섬긴다, 섬김을 받는다'의 관계로 말할 것 같으면 고양이는 사람에게 섬김을 받는다. 이렇게 생각하는 것도 결국 인간의 어리석은 판단일 뿐이지 정작 고양이는 주종관계와 무관할지도 모른다.

고양이는 아무것도 하지 않는다.

고양이는 잘 잔다.

내가 앉는 식탁 의자를 점령하고 기다랗게 뻗어 가로로 누워 자는 고양이를 보고 있노라면 헤아릴 수 없는 고양이의 예지를 절실히 느낀다.

보들레르가 중국인들은 고양이의 눈을 보고 시간을 읽는다고 했는데, 나도 이따금 잠든 고양이 눈꺼풀을 가볍게 밀어서 젖혀볼 때가 있다.

손가락 밑으로 녹색 눈동자가 나타난다. 우주나 영원이 비치고 있는 것 같다.

머지않아 하얀 막이 좁혀져, 고양이는 눈을 크게 뜬 상태로 눈가리개를 한 것 같은 상태가 된다.

나라면 아무리 졸려도 이런 곡예는 못한다.

고양이가 으레 내 의자에서 자는 것도 나를 집주인으로 인정하고 있다는 증거일지도 모른다. 그리고 주인의 의자를 찬탈해 태평하게 있음으로써 고양이가 고양이답게 되는 것일지도 모른다. 그렇게 해서 우리 집의 자그마한 권력 체계를 자면서 무너뜨리고 있을지도 모른다.

화나 있는 고양이를 본 적이 없다는 것도 묘한 일이다.

고양이끼리 털을 곤두세우고 격노하는 장면을 가끔 본 적은 있어도, 적어도 집에 있는 사람에게 화를 내는 경우는 없었다.

언제나 온화하다. 고양이가 어이없게 짜증 내는 일은 없다. 그러나 이 온화함에는 알 수 없는 구석이 있다.

자고 있을 때 꼬집어도, 간질여도, 수염을 잡아당겨도 화내는 모습을 보이지 않는다. 아무리 너그러운 사람이라도 기분 좋게 자고 있을 때 억지로 눈을 뜨게 하면 언짢아지는 법이다. 그런데 고양이는 언짢음이라는 것을 모른다.

희로애락에 급급한 인간의 성질을 속속들이 알고 있는 고양이는 절대 영도의 멋있는 모범을 보여주는 것이다.

인간과 평화조약을 맺은 게 아닐까.

고양이는 사람을 물지 않는다. 문다고 해도 애교 수준이다.

발톱을 세우는 경우는 있다. 하지만 그것도 무릎에서 내려갈 때 정도로, 그 또한 순간적으로 발톱을 뻗어 뭐라도 좋으니 잡을 만한 것을 찾은 행위다. 그 결과 내 다리에 긁혀서 부풀어 오른 상처를 남기게 되는 것이다.

손가락으로 밀어내면 1센티미터 정도 나오는 고양이 발톱은 마음만 먹으면 사람 목쯤은 단숨에 간단히 벨 수 있다.

하지만 개에게 목숨을 잃은 사람은 있어도 고양이에게 목숨을 잃었다는 사람 이야기는 들어본 적이 없다. 고양이는 요람 속에서 입에 젖병을 물고 자는 아기에게조차 손을 대지 않는다(굶어 죽기 직전의 고양이라면 말이 달라지겠지만).

고양이가 주인의 은혜를 알고 있다고 생각하는 것은 어리석은 일이다. 고양이는 인간에게 꼬리를 흔들거나 하지 않는다. 교태를 부릴지라도 감사하지는 않는다.

가르릉거리며 목을 울리는 고양이만큼 쾌락적인 존재는 없다. 나도 한 번이라도 좋으니 그런 황금 같은 쾌락을 누려보고 싶다.

내가 고양이에게는 고통이 없다고 생각하는 것도 이럴 때다. 고양이는 고통의 감시망을 피해 스르륵 빠져나간다.

고양이는 예리한 칼로 목이 잘릴 위기에 처할지라도 그것이 조야한 행동이 아닌 이상 가르릉거리지 않을까.

그 정밀한 고양이의 음악에는 도덕적인 배려가 없다. 규율이라든지 권력이라든지 제복이라든지 이 세상에서 몹시 번거로운 것들을 향한 끊임없는 웃음소리가 들려온다.

체셔 고양이[27]라면 또 모르겠으나, 웃는 표정을 지을 줄 모르는 고양이는(우리 집 양은 제외다. 양은 웃는다) 영겁의 세월 동안 목을 가르 릉 울리며 계속해서 웃고 있는 것만 같다.

🐾 영묘 류류

처음에는 류류라는 이름의 암고양이였다. 우리 집 초대初代 고양이 이야기다.

류류는 아라비안나이트에 등장하는 지니처럼 지면에서 연기와 함께 튀어나온 고양이였다(는 과장이고, 안개가 짙은 밤이었다).

목줄은 없었지만, 털이 가지런히 나 있었고 특별히 배가 고파 보 이지도 않았다. 근처의 집고양이였을 것이다.

지금으로부터 36년 전, 정말 아득히 먼 옛날이야기다. 여름날 아 내와 함께 대중목욕탕에 갔다가 밤길을 걸어 돌아오던 중에 아내 가 지하도 저쪽 어둠속에서 빛나는 녹색 눈동자에 홀려 덥석 안아 그대로 노카타野方에 있는 하숙집으로 데려오는 바람에 같이 살게 되었다.

야심한 뒷골목에서 낯선 남녀에게 안긴 고양이는 '달이 차고 이

---

27 『이상한 나라의 앨리스』에 등장하는 만면에 웃음을 띤 고양이.

지러짐'에 비유되는 에메랄드빛의 홍채를 번쩍거리며,

"괜찮아, 데려가도. 지금 있던 집에 좀 싫증 나던 참이었어."

라고 빠른 어조로 속삭이는 것 같았다.

아내는 지독한 애묘가다. 나는 류류를 주워오기 전까진 고양이와는 전혀 관계없는 밍밍한 생활을 하고 있었다. 다시없는 애묘가와 결혼하여, 대중목욕탕에서 돌아오던 심야의 골목길에서 류류를 만나지 못했더라면 내 인생은 고양이와 연을 맺지 못하고 끝나버렸을 것이다.

인생이란 이렇게 과정에서 만난 우연으로 이루어져 있다.

호랑이 무늬에 녹색 눈을 가진 고양이였다. 이후 우리 집고양이들은 모두 대대로 아름다운 녹색 눈동자를 소유했다.

류류의 첫째 노아는 노카타에서 요코하마의 도미오카富岡로 이사하고 나서 얼마 되지 않아 태어났다.

검은 고양이였다.

노아의 검고 윤기 나는 털과 녹색 눈의 대조는 달리 비할 데가 없다. 마치 살아 숨 쉬는 보석 같은 윤기가 있었다.

어릴 때부터 이미 세간에서 말하는 남녀 관계에 정통해, 아내의 말에 따르면 집 근처 언덕 위에서 남자아이와 나란히 도미오카의 바다를 바라보고 있었다고 한다.

여기서 말하는 남자아이는 노아의 남자친구다. 노아는 살아 있는 게 신기할 정도로 가느다란 미소녀였는데, 인플루엔자가 기승을 부리던 겨울, 약국에서 산 고양이용 감기약을 먹였지만, 끝내 입에서 거품을 내고 경련을 일으키며 아내의 품에서 죽었다.

"고타쓰에 너무 오랫동안 들여놨던 게 탈이었어. 몸이 약해진 거야"라며 아내는 울었다.

우리는 노아가 밀회를 거듭하던 바다가 보이는 언덕에 묘를 만들어 그녀를 묻었다.

인플루엔자는 고양이의 생명을 차례차례 앗아갔다. 류류의 새끼이자 노아의 동생 챠오와 네네도 희생양이 됐다.

챠오는 몸집이 크고 느긋한 황색 고양이였다. 네네는 몸집이 작은 삼색 고양이였다. 이 남매는 거의 집 밖으로는 나가지 않고, 언제나 조그마한 네네 뒤로 커다란 챠오가 붙어서 걸어 다녔다.

네네가 론을 낳았을 때 "이 아이 아빠는 틀림없이 챠오야"라고 아내는 확신에 차서 말했다.

챠오와 네네도 인플루엔자에 당했다. 병원에서 링거를 맞혔으나, 결국에는 '안락사'시켰다.

챠오와 네네 사이에서 태어난 새끼들도 쓰러졌다. 살아남은 건 론뿐이었다. 아직 태어난 지 얼마 안 된 새끼 고양이 론은 아내를 잘 따라서 아내가 손수 먹인 항생 물질 덕에 목숨을 건졌다.

도미오카에서 도요코선이 다니는 쓰나시마網島로 이사하자 우리의
첫 고양이었던 류류가 모습을 감췄다. 노카타의 밤길에서 아내가
류류를 답삭 안아 올린 것도 뜻밖이었는데, 소실 또한 허탈한 일이
었다.

　쓰나시마의 집이 마음에 안 들었는지도 모르겠다. 벼랑 끝에 세
워진 북향의 어두운 집이었다.

　그래도 마지막 딱 한 마리 생존했던 론이 새끼를 여러 마리 낳
았다.

　모카는 하치오지에 사는 아내의 언니 집으로 보냈다. 마오와 로
우는 쓰치우라土浦에 사는 동생 집으로 갔다. 곤조는 "얼빠지고"—라
고 아내가 평했다— 덩치만 큰 수고양이었다.

　자세하게 쓰자면 구약성서의 「민수기」처럼 긴 이야기가 될 것
같다. 구약성서와 다르게 어머니에서 딸로 계승되는 모권에 관한 이
야기다.

　아니, 본래 고양이 이야기는 여자들의 영역이었다.

　론은 난산에 난산을 거듭했다. 역아가 많았다. 출산이 가까워지
면 아내를 부르러 와서 옷자락을 잡아당겼다. 하룻밤 내내 곁에 있
어 주지 않으면 안 됐다.

그레코 때도 역아여서 꼬리가 먼저 나오고 얼굴이 나왔다. 좀처럼 나오질 않아 속을 끓이던 아내는 자신이 직접 나섰다. 꼬리가 잘렸다. 그레코는 언제나 짧고 구부러진 꼬리를 접어 내 의자에 둥글게 말았다.

조금씩 사정을 봐가면서 수염을 잡아당기면 참지 못하고 하품을 한다. 겨드랑이 밑을 긁어주면 뒷다리로 허공을 차기 시작한다. 그러고는 자신이 파블로프의 개처럼 비천한 조건반사의 법칙에 몸을 맡겼다는 사실을 깨닫고 분하다는 듯 나를 쳐다본다.

할머니 되는 네네를 닮아 몸집이 작긴 해도 기가 센 암고양이다.

론이 고생해서 낳은 새끼들을 버려두자 딸 그레코가 보살폈다. 우리 집이 고양이를 좋아하는 것처럼 보이니까 새끼 고양이들을 던져넣고 가버리는 사람들이 있었다. 그레코는 버려진 고양이들까지 젖을 먹이려고 했다.

그렇게 그레코에게 사랑받던 론의 새끼들도 모두 없어져버렸다.
곤조는 질 나쁜 친구들이랑 노는 습관이 생겨 집을 나갔다.
무쿠라는 검은 고양이도 어느샌가 자취를 감췄다.
엄마 론은 종양으로 죽었다.
그레코 한 마리만이 남았다. 남은 그레코도 피임 수술을 받았기 때문에 그녀가 없어지면 우리 집 영묘였던 류류의 혈통은 끊기는 것이었다. 그레코는 1994년 10월 20일에 죽었다.

17년 4개월 동안 장수했다. 사람 나이로 치면 100세를 넘긴 노파였다. 그래도 주름 하나 없었다. 나는 "모피 속은 쭈글쭈글할지도 모르지"라는 농담을 자주 하곤 했다.

농담이 아니라 그레코는 정말로 소녀 시절 그대로였다. 오히려 어려졌다. 눈동자는 26년 전, 노카타의 밤길에서 빛나던 증조할머니의 녹색 빛을 똑 닮았다.

그해 여름, 우리 부부는 드물게 외국 여행을 떠나지 않았다. 어떤 예감이 들어서였을지도 모른다.

폭염에 그레코가 타격을 입은 듯했다. 마지막에는 물밖에 먹지 못했다. 고양이는 죽음이 다가오면 훌쩍 집을 나간다고 하던데 그레코는 그럴 기미가 전혀 없었다.

밤에 원고를 쓰고 있는데 아내가 부르러 왔다. "그레코가 이제 힘들 것 같아"라고 말했다.

일어나서 몇 걸음 걸었다. 이내 다리가 꼬이는 듯하더니 바닥에 쓰러졌다. 그래도 마지막까지 흉한 모습을 보이지 않았다.

죽기 전에 한 번, 아내를 향해 비틀비틀 걸었다. 그레코 몸 위로 아내의 뜨거운 눈물이 뚝뚝 떨어졌다. 그레코는 입을 벌려 숨을 내뱉고는 스르르 식어갔다.

"그레코 짱, 지금까지 고마웠어."

아내는 그칠 줄 모르는 눈물을 흘렸다.

유골은 정원에 묻기로 했다. 나는 그야말로 고양이 머릿수만큼 정원에 구덩이를 팠다. 아내는 나무로 관을 만들었다.

못질하는 소리는 차마 들을 수 없었다.

화장하지 않아 다행이라고 생각했다.

뚝딱뚝딱 못 박는 소리와 함께 17년 동안 함께 한 고양이의 발걸음 소리가 집 안으로 점점이 퍼져나갔다.

🐾 제9장 에필로그-고양이의 「민수기民数記」는 『도서図書』(이와나미쇼텐)의 1994년 12월호에 실린 「못질하는 소리」를 대폭 수정한 것이다.

작가별 작품 찾아보기

역자 후기

『고양이, 하루키는 운명이다』는 1980년대부터 꾸준히 무라카미 하루키 문학 평론을 발표해온 문예평론가 스즈무라 가즈나리의 작품이다. 『태엽 감는 새』 『양을 쫓는 모험』 『해변의 카프카』 등으로 대표되는 하루키 소설 속에 등장하는 고양이와 저자에 의해 '고양이파'로 분류된 다니자키 준이치로, 미시마 유키오, 가지이 모토지로, 하기와라 사쿠타로, 애드거 앨런 포 등의 작품 속에 등장하는 고양이, 그리고 지극한 애묘가이기도 한 저자 자신이 키우는 고양이 이야기가 시공간을 초월해 몽환적이면서도 분석적으로 전개된다.

먼저 '고양이=여자'라는 도식을 전제 삼아 논의를 시작한 저자는 일본의 대표적인 탐미주의 작가인 다니자키 준이치로와 미시마 유키오의 작품군을 통해 고양이에게 부여된 관능적이고 성적인 이미지에 주목한다. 다니자키가 『고양이와 쇼조와 두 여자』에서 묘사한 고양이의 출산 장면을 두고 "완전히 고양이의 입장에서 고양이의 언어까지 제대로 이해"했다고 격찬할 수 있었던 것은, 저자 자신이 에로틱하고 절묘하게 손등을 물며 애교를 부리는 고양이를 요염하고 성적 매력이 넘치는 여자의 상징물로 타자화하고 있기 때문이다.

탐미주의의 이 같은 여성적 관능미 숭배는 필연적으로 폭력을 수반하는 변태 성욕과 악마주의를 동반한다. 저자는 어느 모로 보나 고양이파임에 틀림없는 미시마가 『오후의 예향』에서 끔찍하게 고양이를 살인하는 대목을 "잔혹함의 디테일이 살아 있는 부분을 찬찬히 음미하기 위해" 인용한 뒤, 미시마의 이러한 잔학한 살인이 "종이 한 장 정도의 차이로 그 또한 애정 행각임"을 강조하고 있다. 끔찍한 애착과 끔찍한 잔혹 행위의 아슬아슬한 줄타기는 저자 자신도 경험한 감정이다.

고양이는 …… 잡을 수 있을 것 같아도 좀처럼 잡히지 않는다. 몸 전체가 푹신푹신 부드러워 묵직한 존재감이랄 게 없다. 어딘지 스러져버릴 듯한 덧없음을 몸에 두르고 있다. 손가락으로 누르면 그 손가락이 고양이 몸 깊숙이 뚫고 들어가 반대쪽까지 닿을 것 같다.
고양이의 같은 부드러움이 우리의 사디즘을 유발하는 것일지도 모르겠다.

기실 이와 같은 그로테스크적이고 퇴폐적인 에로티시즘은 일본 문화에 깊게 자리잡은 미의식 중 하나다. 김춘미[28]의 분석에 따르면, 이는 에도 말기 때부터 가부키나 연극 같은 일본의 서민 문화를 통해 존재해온 문학적 인식으로, 탐미주의는 당시의 피폐한 시대상이 배태한 "살인과 피와 괴기스러움이 자아내는 참혹한 에로티시즘"이 순수 문학적 차원으로 승화된 것이다.

저자는 이러한 탐미주의적 시각에서 "고양이를 끔찍이도 사랑하는 사람이 지극히 자연스럽게 잔혹한 행위에 다다르는 감정의 기미를 참으로 적확하게 표현"한 작품들, 가령 가지이의 『애무』나 포의 『검은 고양이』 등을 분석한다. 저자의 분석에 따르면, 평소 고양이 귀를 펀치로 뚫어보고 싶어하고 고양이 발을 잘라 화장도구로 삼는 꿈을 꾸는 『애무』의 '나', 검은 고양이의 눈알을 "유유히" 도려내는 『검은 고양이』의 '나', 새끼 고양이를 몇 번이고 내동댕이 친 후 번쩍이는 가위로 고양이 배를 갈라 내장을 꺼내 손으로 꾹 짜 보이는 『오후의 예항』의 소년들을 그린 미시마, 살아 있는 고양이의 배를 갈라 심장을 꺼내 달게 먹는 『해변의 카프카』의 조니 워커를 그린 하루키가 이토록 잔인할 수 있는 것은 아이러니하게도 이들이 고양이를 미치도록 사랑하는 자들이기 때문이다. 그리고 그러한 극단

---

28   김춘미, 「일본 탐미주의 문학의 계보」, 『외국문학』 18, 1989, 54~72쪽.

의 감정을 불러 일으킨 원인은 다름 아닌 고양이 자체에 있다. 즉 고양이의 "악마성" 혹은 "악마적 능력"이 "선악의 구분을 없애고" 인간의 감정을 "격정에 치우치게" 한다는 것인데, 저자는 여기서 더 나아가 이 악마성이 가해자들을 소멸로 이끄는 지점들을 날카롭게 포착한다.

여기서 포 소설의 진면목인 악귀 정신이 활약하는데, 그 악귀는 바로 검은 고양이의 혼이다.

…… 이렇게 말하고 그는 "그저 미친 듯 허세를 부리고 싶어 마침 손에 들고 있던 지팡이로 사랑하는 아내가 묻힌 부분 위로 정밀하게 쌓아 올린 벽돌을 힘껏 내리쳤다". 악마적인 허세이자, 자학적인 처벌 행위다. 또한 고양이의 행동이기도 하다.

이때 주인공은 거의 검은 고양이에게 씌었다고 볼 수 있다. 아니, 그뿐만 아니라 이미 검은 고양이가 된 것 같지 않는가.

역자 후기

미시마는 고양이의 머리, 고양이의 가슴, 고양이의 목구멍이라고 쓰지 않았다. 여기서 절개해 열어젖히는 것은 미시마 자신의 몸 같지 않은가.

샤를 보들레르 Charles Baudelaire (비길 데 없는 고양이파다)의 「자신을 벌하는 사람」이라는 시가 있는데, 미시마는 벌하는 자이기도 하면서 벌을 받는 자, '상처이자 칼', '희생자이자 가해자'인 것이다. …… 그는 결국 고양이에게 들이댔던 칼날을 자신에게 들이대고 말았다. …… 그렇다. 애정 행위를 통해 세계의 핵심과 맞닿는 것이 불가능하다는 사실을 안 미시마는 이치가야 자위대 주둔지에 난입하여 할복자살을 함으로써 "좀 더 직접적이고 아릿하게 세상과 맞닿"을 수 있다고 믿은 것은 아닐까.

결국 이들 가해자들은 고양이가 된 자신에 의해 처벌을 받거나(『검은 고양이』의 '나'), 고양이 배를 가른 칼날로 자신의 배를 갈라 투명한 내장의 아름다움으로 대변되는 고양이의 미를 온몸으로 느끼는(미시마) 식으로 소멸한다.

이러한 폭력과 소멸의 관계는 하루키 작품 분석을 통해 좀 더 명확한 실재성을 갖는다. 그 중심에는 물론 고양이가 자리한다. 사실 폭력의 문제는 하루키의 초기 3부작 중 하나인 『양을 쫓는 모험』부터 꾸준히 다뤘던 테마 중 하나로, 이후 작품들을 통해 폭력의 주체가 점점 구체화하는 양상을 보여왔다. 그 폭력의 주체란, 조주희[29]가 정리한 "악의 계보"에 따르면 『양을 쫓는 모험』에서는 관념적인 '양'으로 『태엽 감는 새』에서는 '와타야 노보루'라는 역사적 '악'으로, 『해변의 카프카』에서는 '다무라 고이치'라는 '상징적 아버지'이자 현대적 의미의 '악'으로 구체화하고 실체화한 것이다. 이는 '악'이 추상적인 관념의 소산이 아니라 가장 근접한 곳에서 자신의 신변을 위

---

29 조주희, 「무라카미 하루키 문학의 <악>의 계보 연구」, 『일본언어문화』 14, 2009, 423~441쪽.

협하며 실재하는 것이라는 경고와 다름없다.

그렇다면 이러한 폭력의 세계에서 고양이는 어떻게 놓이는가. 다시 말해 저자는 하루키가 고발하는 폭력의 세계를 왜 고양이라는 렌즈를 통해 바라본 것인가.

하루키 소설에서는 많은 고양이가 폭력을 당하고 소멸한다. 그 것도 '이유 없이' 죽어간다. 가령 『바람의 노래를 들어라』의 36마리의 크고 작은 고양이들은 하릴없이 학살당한다. 주목할 점은 그 학살의 주체가 '나'라는 사실이다.

하루키 소설의 주인공 '나美'는 고양이처럼 선악의 세계를 건너다니는 양의兩儀적인 존재다. 고양이파인 미시마가 고양이를 학대하는 소설을 쓴 것처럼, 하루키 소설의 주인공 '나'에게도 사악한 그림자가 드리워졌다는 것을 파악하기란 어렵지 않다.

…… 하루키 소설의 '나' 또한 이와 같은 인물로, 단순히 정의감이 강한 사람이 아니다. 『바람의 노래를 들어라』로 데뷔한 '나'는 이미 36 마리의 크고 작은 고양이를 죽인 전력이 있었다.

고양이를 시야에 넣으면 이처럼 '나'도 가해자가 되는 놀라운 반전이 일어난다. 메시아 같은 완전한 선이란 없는 것이다. 뒤집어 생각해보면 완전한 악 역시도 없다. 누구도 부정하지 못할 악인으로

보이는 조니 워커조차 사랑스러울 수 있고,

그 남자가 사랑스러운 존재라는 사실은…… 조니 워커의 걸음 걸이를 흉내 내는, 유명세에 중독되어 있긴 한데 어딘가 미워할 수 없는 친절한 서비스 정신에서 엿보인다. 이는 하루키 소설 속의 악의 존재가 다른 면과―때로는 주인공조차도, 즉 선조차도― 교환 가능한 존재라는 것을 의미한다.

항상 폭력에 노출되어 피해자의 위치에 놓인 듯한 고양이조차 살인을 권할 수 있다.

고양이 살인자인 조니 워커가 온갖 잔혹한 방법으로 고양이를 죽이고 나서 나카타 씨에게 자신을 죽이라고 부추길 때, "주저하지 말고, 편견을 갖고 단호히 죽이는 거다"라고 말하고, 『해변의 카프카』 마지막 부분에서 검은 고양이 도로―말할 것도 없이 고양이인 이상 선에 속하는―도 호시노 청년에게 "압도적인 편견을 갖고 완전히 말살하는 거다"라는 표현을 써 조언한다.

악인과 선인이 똑같은 말을 한다. 선악이 뒤집혀 구분하기 어려워진다.

저자는 이처럼 하루키 소설 속 고양이를 통해 "선의 세계에 악이 꿰뚫고 들어가기도 하고 악의 세계가 선으로 굴절되기도" 하는 혼란스러운 폭력의 세계 속에서 누구나 가해자가 될 수 있다는 폭력의 일상성을 예리하게 읽어내는 한편, "고양이 문맥"에서 행해지는 폭력의 가해자 혹은 권력자에 대한 저항 방식 또한 포착해내는 영민함을 보인다. 여기서 저자가 말하는 고양이 문맥이란 추상적 관념이 배제된 하루키의 전매특허와도 같은 디테일의 세계이자 "무낭 같은 예지력"으로 전개되는 비논리적인 신탁의 세계인, 그래서 권력자가 거부할 수 없는 저항의 세계다. 무엇보다 무리를 짓고 그 안의 권력 서열에 복종하기를 원천적으로 거부하는 고양이의 무정부성은 초탈의 경지에 이른 저항 방식의 정수를 보여준다.

고양이는 예리한 칼로 목이 잘릴 위기에 처할지라도 그것이 조야한 행동이 아닌 이상 가르릉 하지 않을까.

그 정밀한 고양이의 음악에는 도덕적인 배려가 없다. 규율이라든지 권력이라든지 제복이라든지 이 세상에서 몹시 번거로운 것들을 향한 끊임없는 웃음 소리가 들려온다. …… 엄청난 영겁의 세월 동안 목을 가르릉 울리며 계속해서 웃고 있는 것만 같다.

가르릉거리고 있는 한 마리의 고양이에서 영겁의 세월을 감지하는 저자는 무라카미 세계 속 고양이들 또한 "하나의 세계에서 다른 세계로, 한 작품에서 다른 작품으로 레벨이 다른 세계로의 전이를 반복한다"고 했다. 『양을 쫓는 모험』의 정어리나 『태엽 감는 새』

의 삼치, 『해변의 카프카』의 맨 앞뒤 장면에 등장하는 검은 고양이,
저자가 기르고 있는 소마나 그레이, 양은 각기 다른 개체라기보다는
전이와 환생을 반복하는 하나의 연결된 생명체인 것이다.

　고양이들은 이런 식으로 "한 마리 혼돈 상태의 고양이라는 매혹
속에 녹아 들어버린다". 일견 고양이의 개체성을 무시해버리는 것
같은 저자의 서술은, 그렇기 때문에 역으로 한 마리 한 마리 고양
이의 존재성이 귀하고 또 귀하게 다가오게끔 한다.
　저자의 애묘 그레코를 떠나보내는 마지막 장면은 그렇기에 더
더욱 쓸쓸하고 고적하다.

2017년 7월

김아름

하루키, 고양이는 운명이다

펴낸날	초판 1쇄 2017년 7월 24일

지은이	스즈무라 가즈나리
옮긴이	김아름
펴낸이	심만수
펴낸곳	(주)살림출판사
출판등록	1989년 11월 1일 제9-210호

주소	경기도 파주시 광인사길 30
전화	031-955-1350 팩스 031-624-1356
홈페이지	http://www.sallimbooks.com
이메일	book@sallimbooks.com

ISBN	978-89-522-3698-2 03830

※ 값은 뒤표지에 있습니다.
※ 잘못 만들어진 책은 구입하신 서점에서 바꾸어 드립니다.

이 도서의 국립중앙도서관 출판시도서목록(CIP)은 서지정보유통지원시스템 홈페이지
(http://seoji.nl.go.kr)와 국가자료공동목록시스템(http://www.nl.go.kr/kolisnet)에서
이용하실 수 있습니다.(CIP제어번호: CIP2017015345)

책임편집·교정교열	길주희
기획	노만수